蜜夜の甘淫
〜遊郭の花嫁〜

Michika Akiyama
秋山みち花

CHARADE BUNKO

Illustration

坂本あきら

CONTENTS

序

五月の初旬とは思えぬほど、容赦なくぎらぎらと陽が照りつけていた。

ほんの少し前までは砂塵《さじん》が舞っていたのに、今はぱたりと風がやみ、よけいに我慢できない暑さが襲いかかってくる。

都《みやこ》一番の規模を誇る寺院の境内《けいだい》では、大勢の客が集まる市が立っていた。うだるような暑さに辟易《へきえき》した様子を見せながらも、客たちが注目しているのは広場の中央だ。

荒板《あらいた》を組んだ壇上で、四十絡みの男が額に流れる汗を手の甲で拭いながら濁声《だみごえ》を張り上げている。

「さあさあ、買った買った！　どいつも極上品だ。今を逃すと損をするぜ。順番に競りにかけるから、よーく商品を見てくれ」

赤ら顔の男が売ろうとしているのは奴婢《ぬひ》だった。

二十人ほどの男女に子供が数人交じっており、それぞれ首に縄をかけられて両手も前でくくられている。粗末な衣を着せられた奴婢たちは、不健康な青白い顔で諦めきった目をしていた。

大祥帝国《だいしょうていこく》が興《お》きてより百五十年余り――。

都である京陽城《けいようじょう》に住む人々は長い間、安逸《あんいつ》を貪っていた。

遠く離れた国境では、隣国との戦が続いていたが、その戦禍《せんか》が都を襲うことはない。国内でもたびたび争いは起きている。権力を欲した朝廷の高官同士、時には皇位を巡っての内乱など。しかし下々の者がそれに巻き込まれるのは、よほど運が悪い場合のみだ。

厳しい税の取り立てと激しい物価の高騰で、最下層の者たちの生活は死ぬほど苦しいという。それでも、直接命を奪われるようなことは滅多にない。

京陽城ではずっと平和が続き、民はその恩恵にどっぷり浸かって暮らしているのだった。

寺院に立つ市場では、ありとあらゆる物が売られていた。

百万といわれる京陽城の人々の胃袋を満たす、穀物や野菜、肉、魚、卵などの食材をはじめ、酒や塩、香辛料、それから身にまとう衣類、女を飾る装身具、そして暮らしに役立つ道具や調度……とにかく都には様々な物品が集まってくる。食材は近郊だけではなく、大運河を使って江南《こうなん》からも大量に運ばれてきた。その他の物も広大な全国土から、また遠い異国からも数年がかりで珍しい物品が届けられる。

市で売られているのは、それだけではなかった。

表向きは売買を禁じられている奴婢も商品となる。馬や豚、牛と同様に、人間も堂々と売り買いされているのだ。

罪を犯して官婢《かんぴ》の身分に堕《お》とされた者、敵国から連れてこられた虜囚《りょしゅう》、その妻子などは、もともと人として認められていない。その者たちは通常、国のための土木工事や鉱山などで一生涯使役される定めだ。しかし、身体の弱い年寄りや子供の労働力はあてにならない。むしろ食べさせていく費用のほうが嵩《かさ》むとのことで、持て余した役所が時折放出するのだ。

市場で売られる奴婢の多くは、役所の裏口から死体として外に出されたものだ。仲買商人は各人の死体処理を行うという体裁で、多くの奴婢を手に入れる。死体処理の賃金が、担当役人への個人的な賂《まいない》として返金され、それが奴婢の値となる。そこへさらに金を上積みすれば、屈強な男や嫋《たお》やかな美女も下げ渡してもらえるという仕組みだった。

奴婢の横流しで私腹をこやす役人は、市でその奴婢が売られていようと、当然だとばかりに知らぬ振りを決め込む。

買い手のほうも様々だった。貴族や富裕な商人の屋敷での下働きは常に需要がある。安い労働力を必要とする場所は他にもたくさんあった。豪農は畑で牛馬のように奴婢を使っていたし、また家畜の世話をさせるのも奴婢だ。見目の美しい女や子供は、遊郭《ゆうかく》にも大勢売られていく。寺院のすぐ隣には、色を売る店がひしめく華街もできているほどだ。

そうして奴婢を売る市が、ひと月に一度の割合で堂々と立てられているのだった。

「さあさあ、お買い得だよ。次の男も働き盛りだ。大食らいの馬や牛を飼うよりずっと安上がり。買った買った」

調子のいい掛け声で、次々と奴婢が売られていく。

人の値が牛馬より安いとはひどい言いようだが、そんなことを気にする者は誰もいなかった。目当ての奴婢を少しでも安く手に入れようと、客のほうも真剣だ。

奴婢は次々と売られていき、対価を払った新しい主人に連れられ、市を去っていく。そして最後に、小さな子供ひとりを残すのみとなった。

仲買人は客がばらけないうちにと、いっそう大声を張り上げる。

「さあ、皆さん。そこの子供はお買い得ですよ。たったの銀一両。五体満足な子供だ。今はちいっと痩《や》せているが、なに、子供はすぐに大きくなる。屈強な若者になるまでたったの三年だ。そうなりゃ値段は十倍だ。今のうちに買っておくほうがお得ですぜ」

まわりを囲んだ客たちの反応は、今ひとつといったところだ。

何しろ、今まで売られた奴婢は、曲がりなりにもこざっぱりとした着物を着ていたが、最後に残った子供は、あまりにひどい格好だ。

骨と皮ばかりかと思うほどに痩せこけて、辛うじて着物の形骸《けいがい》を残す襤褸《ぼろ》を身につけているだけだ。しかも剝《む》き出しの手足には無数の傷を負い、ひどく殴られたのか、右目のまわりが青黒く腫《は》れ上がっていた。おそらく襤褸で隠れている部分にも、鞭《むち》の痕《あと》などが残っているだろう。

「ずいぶん調子のいいことを言うもんだ。まだ五歳ぐらいだろう。あんなに痩せた子供が、たった三年で大きくなるものか。だいいち今にも死にそうじゃないか」

「ああ、買ってすぐにくたばったら、大損だ」

「まったく、あんなに青痣《あおあざ》だらけってことは、罪人の子かね。親は悪党だったんだろうが、ひどいもんだ」

「この子は痩せてるだけでさ、そこの旦那さん」

客たちの反応に、仲買人は揉《も》み手をしながら言い訳する。

「何が痩せてるだけだ。悪い病気持ちなんじゃないだろうな。それに、右目も潰《つぶ》れてるんじゃないか？」

「いえいえ、そんな。右目は潰れちゃいませんぜ。ちょっと腫れてるだけですよ。元の造作は悪くないですからね。小さなうちは、他にも色々と使い道があるってもんでさ」

「そりゃ世の中には変わった趣味の御仁《ごじん》もいるだろうが、そんな化け物みたいなご面相じゃ、どう考えたって役には立たんよ」

仲買人がどんなに真剣になろうと、大方の客の購買意欲はすでに失せている。その場を去らないのは、貧相な子供の奴婢を買う者が本当にいるのか、多少興味があるからにすぎない。

痩せこけた子供の奴婢は、じりじりと照りつける陽射しの下、辛うじて立っているだけだった。

喉《のど》の渇《かわ》きは限界を超え、もう汗すら出てこない状態だ。今まで幾たびとなく暴力にさらされてきた華奢《きやしゃ》な身体には、力というものがほとんど残っていない。背中のみみず腫れや手足の打撲痕も、もう痛いという感覚すらなかった。

頭が朦朧《もうろう》とし、まわりで何がやり取りされているかもわかっていない。途切れ途切れで耳に届くのは、誰が放ったともわからない声だ。

「ちっ、まったく。おまえは疫病神《やくびょうがみ》だ。買い手がつかないんじゃ、もう捨てるしかないな。役人の奴、こんなお荷物まで押しつけやがって」

結局、最後まで誰も子供を買う者はいなかった。

仲買人は子供が売れ残ったことに腹を立て、乱暴に首の縄を引っ張る。

「うぅ……」

反動で地面に叩《たた》きつけられた子供は、弱々しい呻《うめ》き声を上げた。

その時、まわりから思いがけない声がかけられる。

「乱暴な！　死んでしまうではないか」

「な、なんでございますか……こいつは売れ残りの奴婢です。どう扱おうと、勝手でございましょう」

「可哀想に……」

何が起きているのかわからなかった。

認識できたのは、自分が誰かに助け起こされて、ふわりと抱きしめられたことだけだ。

鼻先を掠《かす》めたのは、いい匂いだった。両目を懸命に開くと、視界いっぱいに広がっていたのは青の布地だった。細かな織模様に加え、龍《りゅう》の紋様の美しい縫い取りがされている。

きれいだな……。

奴婢の子供はぼんやりと思った。

「この者の値は？」

「えっ、お買い上げくださるんで？」

仲買人が震え声を上げ、それからさらにいくつかのやり取りが交わされる間、子供はずっと視界を塞《ふさ》ぐ青地の布を見つめているだけだった。

「さあ、これでもう誰もおまえを傷つけたりはしない」

そんな言葉とともに、青の布地が遠ざかる。

子供は身体中の痛みを堪《こら》え、必死に声の主を見上げた。

けれども目に入ったのは、眩《まぶ》しい陽射し。その光輪の中にある顔を、はっきりと見ることは叶わなかった。

一

大祥帝国の都、京陽城――。

その中でも一等地といわれる場所に、青瓦《あおがわら》の高い塀《へい》を巡らせた豪壮な屋敷が建っていた。

大気がしんと冷えきった深更《しんこう》。しかし、邸内は時ならぬ喧噪《けんそう》に包まれていた。庭のあちこちで赤々と篝火《かがりび》が焚《た》かれ、まるで真昼のような明るさだ。

正門に続く白砂を敷きつめた庭には、大勢の男たちが、物々しい軍装に身を固め待機していた。

屋敷の主は、司徒《しと》の位にある耿宋迅《こうそうじん》。

武装しているのは耿家の私兵だ。男たちは前庭だけではなく、邸内のいたるところ、そして奥庭にも配置されている。総勢で三百になろうかという数だ。

その私兵のひとりが慌《あわ》ただしく、奥で待機する主の下へと走っていく。

「旦那様！　密偵よりの報告がございました。明日の派兵は三千余りとのこと。明朝一番で、四方からこのお屋敷を取り囲むらしゅうございます」

「三千の兵……」

報告を聞いた宋迅は、呆然としたように呟《つぶ》いた。

「養父上《ちちうえ》……」

床几《しょうぎ》に座る養父宋迅の傍《かたわ》らで片膝《かたひざ》をついた俐香《りこう》も、事態の深刻さに唇を震わせた。

紅の上衣の上に黒革の鎧《よろい》をつけ、腰には繊細な拵《こしら》えの剣を佩《は》いている。兜《かぶと》はなしで、艶のある黒髪は結い上げずに自然のままに流してあった。

養父を案じる俐香の横顔は、陶器の人形のように精緻《せいち》に整っていた。青白く透きとおるような肌に篝火の灯りが当たって、ほんの僅《わず》か頬が上気している。

女にも勝る風情《ふぜい》の俐香には、物々しい軍装ではなく、あでやかな装束のほうが似合いであったろう。

耿宋迅が司徒の位に就《つ》いてより十余年。

司徒は古き時代より三公《さんこう》のひとつに数えられる名誉ある地位である。朝廷において実際に軍事や任官の権力を握るのは、尚書令《しょうしょれい》、侍中《じちゅう》、中書令《ちゅうしょれい》の各長官だが、その者らよりずっと高い位だ。

宋迅は温厚な人柄でとおっており、敵がいないことでも有名だった。なのに、その宋迅が突然、反逆者として捕らえられようとしているのだ。

あまりの理不尽さに、俐香は怒りしか感じなかった。

「養父上、どうか……ご決断ください。三千もの兵が押し寄せては、いくら屋敷を固めていても、敵《かな》いますまい。お願いでございます。養父上だけでも、ここからお逃げになってくださいませ。今ならまだ間に合います」

俐香は眉間に皺《しわ》を寄せた養父に、懸命に進言した。

宋迅は上衣の上に胸当てのみを重ねた格好だ。冠《かんむり》から覗《のぞ》く髪には白いものが交じっている。差し迫る事態にどう対処していいか、すぐにはよい考えも浮かばないのだろう。

騒ぎが始まったのは、ひと月ほど前のこと。

長く病の床についていた主上が崩御《ほうぎょ》され、十歳という幼い太子が登極《とうきょく》される運びとなった。しかし、その太子が急な流行病に罹《かか》って倒れ、侍医《じい》団の必死の努力にもかかわらず、儚《はかな》くなられてしまったのだ。

立て続けの不幸に、宮中は上を下への大騒ぎとなった。

長く玉座を空にはしておけない。

不幸中の幸いか、先帝の皇子《おうじ》は十人以上あった。亡くなった幼い太子の代わりに誰が玉座に即《つ》くのが相応しいか、朝廷ではすぐさま話し合いが行われた。しかし、誰を推《お》せば自分の優位を保てるかで、臣下たちそれぞれの思惑が複雑に絡み合い、次の皇帝はなかなか決まらなかった。

そしてむなしく十日ばかりを消費した時だ。

八年前に起きた内乱で、廃太子とされた李奎覇《りけいは》とその同母弟である李珀龍《りはくりよう》が、突然都への帰還を果たしたのだ。内乱の罪を問われたふたりの皇子は身分を剝奪され、蜀《しよく》の地にある

鉱山で奴婢同然に使役されていた。しかし、そこで集めた兵十万を率いての都入りだった。先帝が存命であれば、謀反《むほん》と取られてもおかしくない行いだったが、混乱の極みにあった朝廷では、誰もこの暴挙を止められなかった。

簡単に都入りを果たした奎覇は有力な諸侯を味方につけ、瞬く間に己の立場を不動のものとしたのだ。

奎覇が廃太子となったのは、亡き太子の生母を中心とする勢力の策謀によるものだったという話だ。その核だった幼い太子はもうこの世にいない。ゆえに、反対派は空で瓦解したも同然の状態だった。

他の皇子にもそれぞれ後ろ盾はあったが、どの陣営も単独ではさして力を持たない。一度廃太子とされた奎覇が一気に勢力を盛り返したのは、そうした隙を突いてのことだった。

奎覇は皇后令によって冊書《さつしょ》、璽綬《じじゅ》、袞冕服《こんべんふく》の授与を受け、袞冕服をまとったのちに、大極《だいごく》殿《でん》にて皇帝即位を告知した。集まった臣下からの拝賀《はいが》を受け、翌日には、京陽城の南にある円丘《えんきゅう》にて柴燎告天《さいりょうこくてん》の儀式を執り行った。

すべての即位儀礼が慌ただしく行われ、李奎覇は正式に大祥帝国第十三代皇帝の座に即いたのだ。

宋迅は司徒として、それらの儀式を見守る立場にあった。

しかし、即位した皇帝が第一に行ったのは、自分を奴婢同然の身に陥《おとしい》れた者たちを処罰することだった。

亡き太子の生母をはじめ、八年前の内乱に荷担した者たちが次々と捕らわれていく。詮議は厳しく、大勢の者たちが捕縛された。

そして、その追及の手が、とうとう司徒である耿宋迅にまで及ぶことになったのだ。

内密に知らせる者があって、宋迅はすぐに屋敷を私兵で固めた。

幸いなことに耿家の女と小さな子供たちは、遊山《ゆさん》に出かけている最中で、都を離れている。その現地にも急報を送ったところだ。

俐香は養父のそばにあって、すべての成り行きを見守っていた。しかし、事ここに至っても、納得のいかない思いが渦巻いているだけだ。

どうして人格者でとおっている養父が罪に問われるのか。

しかも、宋迅を捕らえようとしているのは、時折屋敷に出入りしていた李珀龍なのだ。

内乱が起きる以前、宋迅は太子の教育係も務めていた。その関係で太子の弟の珀龍はたびたび屋敷を訪ねてきて、幼かった俐香も皇子にずいぶんと懐いていた。

なのに、その珀龍が養父を捕らえにくるとは、信じられなかった。

宋迅も裏切られたような気分でいることは間違いない。

「養父上、今はとにかく、いったん身を退かれたほうがよいかと思います。養父上が無実であることは、皆が知るところ……。けれど、捕らえられた者は、ひどい拷問《ごうもん》を受けているとの噂もございます。嫌疑が晴れるまで、どこかに身を潜めておられたほうが安全です」

俐香は、そう言って深々と頭を下げた。

「くそっ、許せん！　皇帝に寝返った奴らは、すべての咎を耿家に押しつける気だ」

隣で怒声を上げたのは、耿家の嫡男桂迅《ちゃくなんけいじん》だった。

俐香より八歳上。今年二十六になる桂迅は、父の宋迅とは正反対で荒々しい性格だ。俐香とは比べものにならないぐらい体格もよく、整った目鼻立ちにも男らしさが漲《みなぎ》っている。金銀の飾りをつけた派手な鎧がよく似合っていた。

「桂迅、しかし、三千もの兵が押し寄せては、もはや我らに勝ち目はなかろう」

心痛のせいか、嫡男を見返す宋迅の目には力がない。

「いや、父上。俐香の申すとおり、我らはいったん都を出たほうがいい」

「だが、都の主立った門はすでに固められておろう。屋敷を無事に抜け出せたとしても、都からは逃れられぬぞ。それに、この屋敷もしっかりと見張られているに違いない」

「いや、少人数ならばなんとかなる。我らは民に身をやつし、敵の目を誤魔化すのです。そうして、すぐに都の外へ出るのではなく、しばらくの間は市中に潜伏する。そのうえで、門の警備が薄れた頃に都を出れば、敵の目も欺《あざむ》けます」

桂迅は自信ありげに訴えた。

長身の堂々とした風貌《ふうぼう》を持ち、さらに才もある。桂迅は養父の自慢の息子だった。

「だが桂迅、そううまくいくか……」

宋迅は目を細めて嫡男を見つめつつ、顎《あご》の髭《ひげ》に手を当てた。

何事か深く考える時の癖だ。

「連れていくのは腕の立つ者数人に絞り、あとの私兵で屋敷の守りをさらに固めさせます。敵の目をなるべく長くこの屋敷に引きつけておけば、絶対に成功するはず」

「屋敷で指揮させるのは誰がよい？　最後まで残るのだ。命懸けで働いてくれる者に限るぞ」

養父と兄のやり取りを黙って聞いていた俐香は、そこでつと膝を進めた。

「養父上、兄上。そのお役目、ぜひ私にお命じください」

俐香の言葉に、兄はふんと鼻を鳴らした。

「まともに剣を扱うこともできんくせに、おまえに指揮が務まるか」

痛烈な批判を受け、俐香は唇を噛みしめた。

腰に佩いた長剣はただの飾り。俐香に兄ほどの武芸の才がないことは事実だった。

五歳の頃耿家に引き取られて以来、俐香は血の繋《つな》がらない兄になんとか追いつこうと、懸命に努力してきた。朝暗いうちから夜遅くまで。それこそ剣術指南役が呆《あき》れ果てるまで稽古《けいこ》を続けたが、腕前が上がることはなかったのだ。

それでも諦めるわけにはいかない。

養父の耿宋迅は、命の恩人だった。奴婢だった俐香は、養父が買ってくれなければ、とっくに命を落としていただろうから。

自分がどうして奴婢になったのか、俐香にはいっさいの記憶がなかった。覚えているのは奴婢市で養父に買われ、そのあと屋敷で優しく介抱されたことだけだ。養父は名前や年齢すら覚えていなかった俐香を哀れんで、養子にまでしてくれた。

俐香という名を与えられ、広大な屋敷で何ひとつ不自由なく育ててもらったのだ。

その養父に危機が迫っている今こそ、恩返しをする時だ。ほんの少しでも、自分で役に立つことがあるなら、俐香は命を懸けてもやり遂げるつもりだった。

「兄上。確かに私には力がありません。ですが、屋敷に残る者を束ねるくらいはできると思います」

俐香が真摯《しんし》に訴えると、宋迅が不安げに見つめてくる。

「小香《しょうこう》、そなたの気持ちは嬉しいが、ここに残れば命を落とすぞ。たとえ助かったとしても、捕まれば同じこと。ひどい拷問を受けたあげく、いずれは処刑されることになる」

宋迅はいつも俐香を小香と呼ぶ。優しい言葉に、俐香は涙をこぼしそうになった。

「養父上、もとより覚悟の上でございます。今日まで育てていただいたご恩、身に染みております。どうかお願いです。そのお役目、私にやらせてくださいませ。命を懸けても果たしてご覧にいれますので」

俐香が重ねると、桂迅が横から口を挟む。

「父上、俐香ではちと心許ないが、この際仕方ないでしょう。それに、腕に覚えのある者は、父上がお連れになったほうがいい」

「しかし、小香があまりに不憫《ふびん》じゃ……」

悲しげな宋迅の声に、俐香は胸を震わせた。

養父のお陰で、今までどんなに幸せだったことか。こんなふうに優しい養父だからこそ、恩に報いたかった。

「父上、早くご決断を」

「養父上、どうか私にご命令を……」

血の繋がらない兄弟ふたりから揃《そろ》って言われ、宋迅は深く嘆息した。

そして、しばらくしてから、再び声を発する。

「小香、そなたを耿家に引き取り、本当によかったと思うぞ。そなたの真心、この宋迅、決して忘れるものではない」

「では父上、今すぐに準備を」

桂迅は、これで話は決まったとばかりに背を向けようとしたが、それを宋迅が手で制する。

「待て桂迅。屋敷を去るのは承知したが、小香には別のことを頼みたい」

「いったい何をやらせようと？」

桂迅は訝《いぶか》しげに訊《たず》ねたが、宋迅はそれには答えず、俐香をじっと見つめてくる。

「小香……そなたは命を懸《か》けてもと言うてくれた。それに相違ないか？」

「はい」

俐香は深く頷《うなず》いた。

「では、そなたは明朝一番に、李珀龍殿下を訪ねてくれ」

「李珀龍……殿下を、お訪ねするのですか？」

李珀龍こそ、養父を捕らえようとしている張本人だ。

「殿下に宛てて書状を認《したた》めるゆえ、そなたに届けてもらいたい。皇城で殿下に目どおりが叶ったなら、我の身が潔白であることを、そなたの口から取りなしてくれ。珀龍殿下は幼かったそなたをずいぶんと可愛がってくださった。覚えておろう？」

「はい、覚えております」

素直にそう答えたものの、俐香の心中は複雑だった。

「珀龍殿下のお気持ちをやわらげる役目、そなたが果たしてくれぬか？」

「養父上の書状をお届けし、こたびのことが冤罪《えんざい》であると、殿下に申し上げればよろしいのですね？」

思いがけない成り行きだったが、俐香はそう念を押した。

屋敷に立てこもっているだけでは、真実を訴えることができない。だが、李珀龍に会い、直接弁明の機会を得られるなら、それこそ命懸けで務めたいと思う。

もちろん簡単なことではないだろう。最初から罪人として見られているのだ。皇子に必ず会えるという保証もなかった。

「さすがは父上。俐香を皇城にやるのは、よい考えだ。おい俐香。皇城へ行くとき、車は女用の派手なものを使え。奴らの注意を集めることができれば、こっちも時間が稼ぎやすい」

「待て桂迅。小香に頼むのは、何も命が惜しいからではないぞ」

養父は慌てて嫡男を窘《たしな》めた。

が、桂迅は嘲《あざけ》るように言葉を続ける。

「俐香、わかっているだろうが、おまえが今日、耿家の人間だと名乗っていられるのは、すべて父上のお陰だ」

「はい、わかっております」

「おまえは市場で売られていた役立たずの奴婢だった。父上が助けなければ、弱っていたおまえは、すぐにも死んでいただろうとのことだ。恩を返す気があるなら、しっかり務めろ」

「はい」

俐香が答えると、桂迅はにやりと笑いながら、すっと手を伸ばしてくる。

ふいに顎を捕らえられ、俐香はびくりと震えた。

「おまえの取り柄はその顔だ。化け物みたいだったおまえが、まさかこのように美しくなろうとはな……だが、そのお陰で役立たずのおまえにもできることがある」

「あ、兄上……どうぞ、手をお離しください。ご懸念には及びません。どのようなことでも仰《おお》せつけください。俐香は命に代えてもやり遂げてみせます」

俐香は真摯に告げて、じっと桂迅を見つめ返した。

「ふん、覚悟はできているとな」

「はい」

「では、俐香。皇城で珀龍に会ったら、おまえはその美貌を最大に生かして奴を籠絡《ろうらく》しろ」

「籠絡……ですか？　養父上の無実を信じていただけるように、精一杯努めるつもりでおりますが……」

俐香は兄の真意がわからず、首を傾《かし》げた。

「わからんか？　奴に色仕掛けで迫れと言っている」

あまりにも思いがけない命令に、俐香はしばし呆然となった。

女の身ならともかく、自分は男だ。それで色仕掛けとは、そのような役目が果たせるものだろうか。それに、どのようなやり方をすればいいかも、まったくわからなかった。

「おまえは小さい頃、珀龍にかなり懐いていた。珀龍もおまえを気に入って、殊の他甘やかしていただろう。それを思い出させてやればいいだけだ」

「確かに……珀龍様には可愛がっていただきました」

俐香は小さく答えて唇を噛みしめた。

珀龍皇子を許せないと思うのは、今でも懐かしく思い出してしまう過去があるからだ。

桂迅には乱暴なところがあり、俐香はいつも虐《いじ》められていた。屋敷を訪ねてきた珀龍に庇《かば》ってもらったことが何度もある。だからこそ、あの優しかった珀龍が、よりにもよって耿家に仇《あだ》なすことが信じられなかったのだ。

「とにかく、どんな手を使っても珀龍に取り入れ。俺と父上は領地に帰って再起を図る。おまえの働き次第では、都にも早めに戻れることになる。この意味はわかるな？　我らの命運は、おまえにかかっている。父上に恩を返したくば、文句を言わず命じたとおりにしろ」

桂迅は冷え冷えと言い放つ。

「承《うけたまわ》りました」

俐香はしっかりと応じた。

自分に課せられた役目はふたつある。まずは、珀龍の油断を誘い、養父と兄が逃げる時間を稼ぐこと。そして、養父の無実を訴え、ふたりが晴れて都に戻ってこられるように働きかけること。

だが決意を固めた俐香に向かい、宋迅が弱々しく首を振る。

「小香……何も無理をすることはない。いやなら皇城に行かずともよいのだ。養父と一緒に都を出よう。桂迅も、小香に無理な真似をさせるでない」

自分の身を案じてくれての言葉に、俐香は涙を滲《にじ》ませた。

こんなにも優しく気遣ってくれる養父だからこそ、なんとしても助けたい。

「養父上、どうぞ、俐香にすべてお任せくださいませ」

俐香はそう言って、大恩ある優しい養父に淡い笑みを向けた。

†

俐香を乗せた車は、夜が明けきる前に、耿家の屋敷を出立した。

朱雀《すざく》大路に出て、真っ直ぐ北に向かえば、皇城区の大門に達する。

牛に曳《ひ》かせた車の中で、俐香は緊張に震えていた。

昨夜の軍装とは打って変わって、身につけているのは鮮やかな礼服《らいふく》だった。物々しい出で立ちよりも、派手な格好のほうが相手を油断させておけるとのことで、兄から、女のように着飾っていけと命じられたせいだ。

耿宋迅はまだ司徒の位にある。屋敷を出てすぐ兵に取り囲まれたが、俐香は司徒よりの正規の使者であると告げて、難を逃れた。

使者として認められれば、兵がすぐに屋敷へ向かうこともない。そして俐香の車は、敵兵に守られる形で、皇城区の奥にある役所のひとつへと案内されたのだ。

車を降り、役所の広間へと進んだ俐香は、一刻も早く養父と兄が屋敷から逃げてくれることだけを祈っていた。

「珀龍殿下がお見えになるまで、こちらでお待ちを」

案内に立った官吏《かんり》は、短い言葉だけを残して部屋を出ていく。

俐香は板張りの床に座し、皇子と対面を果たす時を待った。

広々とした室内はしんと静まり返っている。

皇子に会って、何を一番に言えばいいのか。俐香はずっと考え続けていた。

今は憎い敵となってしまったけれど、記憶にある珀龍皇子は、優しい笑顔の似合う少年だった。

皇帝となった李奎覇と珀龍の兄弟は、馬《ま》氏を生母としている。馬家は大祥帝国建国の折に貢献した家なので、生母は後宮でも高い地位にあった。最初に生《な》した男児が太子に立てられたのは当然のこと。馬氏一族は、後宮に限らず宮中全体で大きな権力を握っていた。

その権力が揺らいだのは、若い妃が皇帝の寵愛《ちょうあい》を独占するようになってからのことだ。

太子が廃されるという政変が起きたのは、八年ほど前だ。当時、俐香はまだ幼くて、詳しい事情は知らなかった。

ただ政変のあと、都が落ち着いた頃に、屋敷に顔を見せ、よく遊んでくれた皇子も一緒に捕らえられたのだと耳にした。

皇子は俐香より五歳年長で、でもうるさがらずに相手をしてくれた。耿家の兄、桂迅にはいつも虐められていたので、皇子の優しさは、よけいに深く記憶に残っている。

皇子が捕らえられたと聞いて、俐香はただひたすら悲しかった。そしてたった一度だけ、養父に我儘《わがまま》を言った。

大きな権力を持つ養父上なら、皇子を助けられるかもしれない。だから、お願いしますと、床に額を擦《こす》りつけて頼み込んだのだ。

だが養父は困ったように、ため息をついただけだ。

——小香、養父にもできぬことがある。すまんが、そなたの願いを叶えてやることはできんのだ。

養父の言葉を聞いて、俐香は涙を流しながら謝った。

——申し訳ございません、養父上。俐香が悪うございました。

皇子のことは心配だったが、養父を悲しませるのもいやだ。まして養父は命の恩人。孝を尽くすことこそが大切だ。これ以上負担をかけるようなことは口にすまい。

俐香はそう固く誓ったのだ。

それ以降、珀龍皇子のことを案じるのは、心の内だけに留《とど》めた。

しばらくして、皇子方が奴婢の身分に堕とされ、鉱山に送られたと聞いた時も、俐香は胸の中だけで「どうか、ご無事でいてください」と祈るしかなかったのだ。

あれから八年。皇子は大切な養父の敵として、都に戻ってきた——。

「珀龍殿下の御成り」

広間に突然、官吏の声が響きわたり、昔を思い出していた俐香は、はっと我に返った。

板張りの床に面を伏せて、珀龍皇子の出座を待つ。

「耿俐香、何をしに皇城まで来た?」

耳に飛び込んできたのは、冷ややかな声だった。

俐香はびくりとなったが、懸命に自制して顔を上げた。

一段高く設《しつら》えた座に、金銀の装飾を施した豪華な椅子が据えられている。そこにゆったり腰を下ろしていたのは、この八年で驚くほど逞《たくま》しく変貌を遂げた李珀龍だった。

なんと立派になられたことか……。

俐香は久方ぶりの再会に、思わず胸を震わせた。

高く整った鼻筋に、きりりとした眉。涼しげな貴公子の面影は確かに残っているが、今の珀龍から感じるのは荒々しさだ。

鋭く射すように見つめられ、怯んでしまいそうになる。今すぐここから逃げ出したいと、そんな衝動にも駆られるが、俐香は息を深く吸い込んで気持ちを落ち着かせた。

「耿俐香にございます。司徒である養父の名代として参りました。ここに、珀龍殿下に宛てて養父が認《したた》めました書状がございます。どうか、ご覧くださいませ」

俐香は毅然《きぜん》と口上を述べ、養父より託された書状を両手で差し出した。金粉を散らした高価な紙をゆるく巻き、紺色の細い組紐《くみひも》で結んである。

黒の礼服を着た官吏がその書状を受け取って、壇上の珀龍に手渡した。

珀龍は無言で書状を開き、目をとおしている。

俐香はその様子をじっと見守った。

珀龍の精悍《せいかん》な顔は、書状を読み進めるとともに変化していく。口元が皮肉っぽく歪《ゆが》み、すべてを読み終えたと同時に、声を立てて笑い出した。

養父が何を認《したた》めたのか、俐香は知らない。だが謀反の嫌疑を晴らそうとする養父が、こんなふうに笑われるようなことを書くはずがなかった。

俐香がかすかに眉をひそめて眺めていると、珀龍はようやく笑いを収め、こちらへと目を向けてくる。

「小香……いや、耿俐香、久しいな。おまえに会うのは八年ぶりか……。すっかり大人だな。それに、ずいぶんと美しくなった」

「……殿下……」

いきなり容貌を褒《ほ》められて、俐香は羞恥《しゅうち》でほんのり頬を染めた。

珀龍はなんの含みもなさそうに、気軽に席を立ってくる。八年という歳月が存在しなかったかのように親しげな様子を見て、俐香は内心でほっと息をついた。

しかし近づいてきた珀龍は、俐香が覚えていた歳若い皇子とは明らかに違う。逞しさが増し、成熟した男の色香に包まれているようだった。

それに同母の兄を玉座に即けた第一の功労者であるせいか、皇弟としての迫力にも圧倒されそうになる。

膝を覆う長さの上衣は純白で、襟《えり》と袖《そで》は銀と薄い緑を合わせた豪華な縫い取りが施されていた。肩にも銀糸で吉祥紋様《きっしょうもんよう》が刺繍《ししゅう》されている。前に垂らした蔽膝《へいしつ》も袖口と似た色合いで、龍の紋様が描き出されていた。大帯と紳《しん》は濃い臙脂《えんじ》と黒の組み合わせ。帯鉤《たいこう》と帯から下げた佩飾《はいしょく》は翡翠《ひすい》という隙のない格好だ。黒髪を結い上げた頭には、黒と銀を組み合わせた冠をつけている。

同じ礼服でも、俐香がまとったものはもっと華やかだ。女のように装えと言われたせいで、襟と袖口は白地だが、身ごろに薄紅色の牡丹《ぼたん》の織模様が浮き出ている上衣を選んだ。細めの蔽膝は茶色と深緑を合わせたものだが、これにも華やかな薄紅色の縁取りがある。髪は頭頂部で小さな髷《まげ》を結い、あとは背中に流していた。冠の代わりに金細工の飾りと珊瑚《さんご》の簪《かんざし》を挿《さ》し、帯まわりだけではなく、他にも金の耳環《じかん》と胸飾りをつけていた。

あでやかな装束《しょうぞく》は、俐香の美貌を充分に引き立てている。

間近までやってきた珀龍は、上からじっとその俐香の顔を覗き込む。

「宋迅が自慢するのも無理はない。おまえは……くそっ」

鋭く舌打ちし、そのあと何故か黙り込んでしまった珀龍に、俐香は不安に駆られた。養父と兄を救うため、何か気の利《き》いたことを言わねばならない。なのに珀龍の強い視線を感じただけで、情けなくもすくんでしまいそうだった。

「な、何か……」

辛うじてそう口にすると、珀龍はいきなり片膝をついて俐香の顎をつかむ。ぐいっと上向かされて、ますます不安が増大した。

「確かにおまえは、男の欲を掻《か》き立てる顔をしている」

「何をおっしゃっているのか……」

「ふん、わからないとでも言う気か？　おまえは何をしにここへ来た？」

珀龍は俐香から乱暴に手を引きつつ、訊ねてくる。

「ち、養父は無実です。それを申し上げたくて、こちらまで参りました」

俐香は珀龍の迫力に負けないよう、必死に己を奮《ふる》い立たせて訴えた。

だが、珀龍の目には剣呑《けんのん》な光が浮かぶ。

「無実だと？　ふん、よくもまあ、しゃあしゃあと言ってくれたものだ」

嘲笑をともなう声に、俐香はぐっと奥歯を噛みしめた。

朝廷では、養父が罪を犯したと決めつけているのだろう。

新皇帝とその弟の珀龍は、年少の折、養父から色々なことを学んでいた。師である養父を

庇うならともかく、こんなふうに悪し様《あざま》に言うのはよほどのことだろう。

「お願いでございます、殿下。養父は多くの方々から人格者であると認められております。殿下もそれはよくご存じのはず……八年前の事件のことをお疑いとか、きっと何かの間違いです。どうか、もう一度お調べください」

俐香は真摯に訴えて、床に額を擦りつけた。

昔のことを思い出せば、珀龍も今一度考え直してくれるかもしれない。そう一縷《いちる》の望みを託してのことだ。

「小香……いや、俐香……八年前、おまえはいくつだった？」

「十歳にございます」

俐香は短く答えた。

本当のことをいえば、自分の年齢は定かではない。俐香の記憶の一番古いものは、寺院の市で売られようとしていた時のことだ。それ以前のことはまったく覚えていなかった。名前をつけてくれたのも養父だし、年齢も、きっと五つぐらいだろうと決めてくれたのだ。

「十歳だったおまえに、何がわかるというのだ？」

「でも、養父は悪いことができるような人ではありません！」

「おまえの養父は、そういうふうに表の顔を取り繕《つくろ》っていただけだ」

冷ややかに吐き捨てられて、俐香は息をのんだ。

見上げた珀龍の顔は、取りつく島もないといったように凍りついている。

いったい誰に何を吹き込まれれば、こんな誤解が生まれるのか、まったく理解できなかった。だが、俐香の役目はその誤解を解くことだ。ここで退くわけにはいかない。

「珀龍殿下……どうか、お願いでございます。養父への疑い、解いていただけるよう、お願いいたします。養父が罪を犯したなど、心ない者の讒言《ざんげん》でございます。殿下もご存じかと思いますが、養父は長年、大祥帝国のために尽くしてまいりました清廉《せいれん》の徒。養父が陛下や殿下を陥れたなど、あり得ないことです。どうか、養父の無実を信じていただけますよう、伏してお願い申し上げます」

俐香は再び頭を下げた。

「おまえは養父が潔白だと信じているのか？」

「はい」

「ふん、おまえを使者に立てておいて、今頃、宋迅の屋敷はもぬけの殻《から》……そういう段取りだろう。それでよくもぬけぬけと」

目論見《もくろみ》を見破られ、俐香は押し黙った。

「俐香、おまえは宋迅が何を書いてきたか、知っているか？」

「いいえ、存じません」

「宋迅は、美しく育てたおまえを献上するゆえ、罪を許せと書いてきた。おまえは養父に売られたも同然だ。それでも、その殊勝な顔でいられるのか？」

馬鹿にしたように重ねられ、俐香は悔しさに震えた。

珀龍は書の内容をねじ曲げて伝えている。

——珀龍を籠絡せよ。

俐香は確かにそう命じられて、ここへ来た。だから、書状にもそれに近いことは記してあるかもしれない。しかし養父は、俐香につらい真似をさせることを許してくれと、涙を流してくれたのだ。

己の保身のためだけに、俐香を売る。そんな書き方をするはずがない。

「殿下、養父は私の命の恩人です。恩に報いるためには、どのようなことでもすると、覚悟を決めております。養父が私を売ると申したなら、私はその命に従うだけです」

俐香は珀龍の双眸《そうぼう》をひたと見つめて、そう告げた。

「ふん、どんな目に遭わされようとかまわない。そう言っているのか……宋迅め、さすがだな。何も知らないおまえを、うまく使うものだ」

珀龍は何故か苛立《いらだ》たしげに言い捨てる。

だが、それきりで俐香には興味をなくしたように、さっと立ち上がった。

会見はこれで終わりとばかりに、大股《おおまた》で部屋を横切っていく。

俐香は焦《あせ》りを覚えた。

まだ何も成し遂げていない。養父を助けるために、何もしていなかった。

「殿下、お待ちください。どうか養父のこと」

俐香は懸命に呼びかけた。だが、珀龍は俐香を完全に無視して近侍《きんじ》に命じる。

「その者、捕らえておけ」

皇弟の命によって、控えていた近侍の者たちがばらばらと走り寄ってくる。

俐香は左右から腕を押さえられながら、さっさと部屋を出ていく珀龍を見送るしかなかったのだ。

二

薄暗い獄舎の中――。

俐香は冷えた土間に腰を下ろし、板壁にそっと背中を預けた格好で、ただ時が過ぎていくのを感じていた。

木の格子が塡《は》まった牢《ろう》には窓がなく、今が昼なのか夜なのかもわからない。壁にひとつだけある灯りは油が切れかかり、ジジジとかすかな音を立てていた。

薄物の下衣姿で牢に放り込まれて三日が経っている。外では雪でも降っているのか、冷え込みがひどくなっていた。

「養父上は今頃どうされているだろう。安全な場所に隠れておられるか、それとも無事に都から落ちられたか……いずれにしても、この寒さ……風邪《かぜ》などお召しになっていなければよいけれど……」

俐香は腕を交差させて自身の細い身体を抱きしめ、誰へともなく呟いた。

役立たずの自分は、ほんの数刻の時間稼ぎしかできなかった。だが桂迅が一緒なのだ。うまく敵の目を欺いて、都から逃げていてくれることを祈るのみだ。

不思議なのは、この牢に入れられてから、なんの詮議《せんぎ》もないことだった。拷問を受けることを覚悟していたのに、きちんと食事も出され、ひどい扱いも受けていない。

しかし、ずっとここに閉じ込められているだけでは、養父の様子を知ることもできなかった。俐香は何度も珀龍に会わせてもらいたいと頼んだが、獄吏《ごくり》はまったくの無言で、何が起きているのか知るすべはなかったのだ。

変化があったのは、三日目のことだった。

ふいに獄舎の外が騒がしくなり、俐香は土間の上で居住まいを正した。

何が起きるとしても、見苦しい真似はしたくない。

そうしていくらもしないうちに薄暗い場所が突然明るくなって、三人の男が歩いてくるのが視界に入った。

先頭にいたのは珀龍で、俐香は少なからず驚いた。

まさか、高い身分を有する皇子が、このような場所まで来るとは信じられない。

珀龍はまるで武官のように、藍色と燻《いぶ》し銀《ぎん》を組み合わせた色合いの鎧をつけ、腰に長剣を佩いていた。黒髪は小さな髷を結っただけで、あとは肩に流しており、鎧の上から丈の長い袍《ほう》を羽織っている。

次に続くのは、珀龍よりやや小柄で痩せた男で、紅に金糸や銀糸を多用した豪華な上衣下裳《じょういかしょう》を身につけていた。しかし左足を傷めているのか、歩き方がおかしかった。

三人目は珀龍と同じく軍装に身を固めた屈強な男だ、おそらく本物の武官なのだろう。前を行くふたりを守るように油断なく構えている。

三人は俐香の牢の前までやってきたところで立ち止まった。

「その者が、師父《しふ》の養い子か……」

「さようでございます」

真ん中に立った小柄な男の問いに、珀龍が丁寧に答える。

俐香ははっとなった。

珀龍と三人目の男が灯りを高く翳《かざ》しているせいで、目を細めても様子がよく見えない。

「なるほど……そなたが申したとおり、美しい顔をしている。確かに、あっさり処刑するのは惜しい」

格子の向こうでぽつりと吐き出された言葉に、俐香は緊張の度合いを高めた。

「では、すべて私にお任せくださるということで、よろしいですか？」

「うむ……そなたがそこまで言うのであれば、認めざるを得ないだろう。しかし、余は許したわけではない。宋迅、桂迅の父子は必ず捕らえよ」

「はっ」

珀龍は短く答えただけだ。

このやり取りから推測されるのはただひとつ。まさかとは思ったが、新皇帝となった李奎覇だろう。皇弟が罪人を見に来るのですら驚くべきことなのに、新皇帝は自ら俐香の顔を確かめに来たのだ。

俐香は遅ればせながら、額を土間に擦りつけた。

「そなたの名は？」

「……耿俐香と申します」

「そなたは養父の無実を訴えているそうだな？」

「おっしゃるとおりでございます、陛下。養父は人を陥れるような、卑劣《ひれつ》な真似ができる人間ではございません」

俐香は顔を伏せたままで答えた。

答えはない。しかし、しばらく沈黙が続いたあと、くぐもった笑い声が響いてきた。

「これはおかしい。ははは……こうして腹をかかえて笑ったのは、ずいぶん久しぶりだ。なるほどな……あの師父にして、この養い子ありか……ははは……。だが、珀龍。この者、あまりに哀れだ。かまわん。余の足がどうしてこのような有り様になったのか、真実を教えてやるがいい」

いったい何を笑われているのか、俐香はただ不安を煽《あお》られただけだった。

「俐香、面《おもて》を上げよ」

珀龍の冷ややかな声がして、俐香は恐る恐る姿勢を戻した。

手燭《てしょく》の位置が少し下がり、今度は中央に立つ皇帝の顔がはっきり見える。

幼い頃、何度か顔を合わせたことがあった。けれども、太子という身分だった奎覇とは、口をきいたことはない。

珀龍と同母の兄にしては、ずいぶんと雰囲気が違う。涼やかな白皙《はくせき》で、凜《りん》とした気品はあるが、珀龍のような荒々しさは感じなかった。

「俐香、陛下のお許しがあった。おまえの養父の正体を教えてやろう。陛下の左足に生涯治らぬ傷を負わせたのは、おまえの兄、耿桂迅だ」

「！」

俐香は息をのんだ。

「八年前、追いつめられた我らは、師父に助けを求めた。兄上は最初渋っていたのだ。宋迅には信用できないところがあると……。だが、俺はそんなことはない。師父は信じられると、兄上を説得して、秘密裏に宮中から抜け出した。そして耿家の屋敷で宋迅に会い、力になってほしいと頭を下げた。しかし宋迅は迷惑そうな顔をしただけだ。その瞬間、俺たちは、師父こそが自分たちを陥れた黒幕だと覚った」

「そんな……まさか」

信じられませんと、俐香は懸命に首を左右に振った。

しかし珀龍は冷えた声で淡々と続ける。

「騙《だま》された。そうわかった俺たちは、すぐさま逃げようとしたが、遅かった。耿家の私兵に囲まれ、退路を断たれた。師父への礼儀だと、丸腰だったことを死ぬほど後悔したが、どうしようもなかった。それでも俺は諦めずに暴れまわったが、最後にはとうとう取り押さえられてしまった。庭に引き据えられた俺に、剣を向けてきたのはおまえの兄、桂迅だ。激しく抵抗していた時、俺は桂迅を強《した》かに殴りつけた。その仕返しをするつもりだったのだろう。だが、真っ二つに斬り裂かれる寸前で、兄上が飛び出した。俺を庇った兄上は桂迅の剣で、一生治らぬ傷を負った」

恐ろしい話に、俐香はただ首を振り続けた。

八年前、屋敷内でそんな騒ぎがあったとは知らなかった。

でも、信じられない。いくらそれが事実だと言われても、養父が皇子を裏切ったなど、信じられるはずもなかった。

「これだけ言っても信じられないか……宋迅もずいぶんとまた歪《いびつ》な者を作り出したものだ」

「ああ、ここまで来ると、哀れだな」

珀龍の声に、皇帝が応える。

「俐香、これが真実だ。おまえが無実を訴えている耿宋迅は、我らを陥れた張本人。そして、嫡男の桂迅は、この国の皇帝の玉体を損なった重罪人だ」

「俐香、そなたが養父を思う気持ちは多少なりとも理解できる。が、余は許さんぞ。余の足をこのように無様にしてくれた桂迅はもちろんのこと、我が弟の信頼を裏切った宋迅の罪も、決して許さん。珀龍は、己が判断を誤ったせいで、余の身体を損なったと、死ぬほど後悔している。今に至っても、まだ自分自身を許せないと言っているのだ。足の傷はどうにか癒えた。蜀の鉱山で八年もの間苦難が続いたことも、運が悪かったと諦められる。だが、我が弟に死ぬほどの心痛を与えたことだけは、絶対に許さん。それだけは覚えておくがいい」

強く断じた新皇帝は、それきり俐香には興味を失ったかのように横を向く。

俐香は新皇帝が屈強な武官ひとりを従えて、獄舎から出ていくのをぼうっと見送った。衝撃が強すぎて、すぐには己を取り戻すことができなかったのだ。

ひとり残った珀龍は、遠くで控えていた獄吏を呼び寄せる。

「開けろ」

「はっ」

答えた獄吏は大きな鍵を取り出して、格子戸の錠前に挿し込んだ。

珀龍は開けられた戸口から、無造作に中へと入ってきた。そして俐香と向かい合わせで腰を下ろす。

「俐香、おまえが何も知らなかったことはわかっている。八年前のおまえはまだ幼かった。反逆者は九族《きゅうぞく》に至るまでことごとく処刑。この国の法ではそうなっているが、陛下はおまえの命を助けることをお許しくださった」

「…………」

俐香は無言で珀龍を見上げた。

「おまえにはふたつの道がある。宋迅と桂迅の企《たくら》みをすべて明かせ。そうすれば、おまえを自由にしてやる」

珀龍の双眸には何故か優しげな光があるようだった。

それでも俐香は首を横に振るしかなかった。

「私には……できません」

「宋迅がどんな奴か、聞かせてやっただろう。父子ともども極悪人だ。おまえは宋迅と血の繋がりもない。素直に潜伏先を明かせば、おまえのことは罪に問わない」

「潜伏先は……存じません」

俐香は静かに答えた。そう言うしかなかった。

養父と兄の居場所には、いくつか心当たりがあった。でも絶対にそこにいるとは言い切れないし、何よりも、自分から居場所を明かすわけにはいかない。

「この期《ご》に及んでも、宋迅を庇う気か？」

珀龍は苛立たしげにたたみかけてくる。

俐香はまぶたを閉じ、懸命に気持ちを落ち着かせた。

「申し訳ありません。先ほどのお話、私にはやはり信じられません。養父が殿下を裏切り、兄が陛下を傷つけた。それがたとえ事実だとしても、きっと何か隠された理由があったのだと思います」

「隠された理由、だと？　おまえはどこまで馬鹿なのだ」

「私は養父を信じます」

「なんだと？　宋迅はおまえを捨《す》て駒《ごま》にして、自分たちだけ屋敷から逃げ出すような卑《ひ》怯者《きょうもの》だぞ？　それなのに、どうしてだ？」

気色《けしき》ばんだ珀龍に、俐香は静かに告げた。

「養父は私にとって命の恩人。それがすべてです。裏切ることはできません」

「おまえは、俺の話より、宋迅のほうを信じる。そう言うのだな？」

食い入るように見つめられ、俐香の胸は激しく痛んだ。

でも、自分が進むべき道はひとつしかない。

「はい……。そうです。養父を……信じます」

珀龍は長い間沈黙したまま、俐香を見つめていた。

そしてしばらくしてから、何故か大きく嘆息する。

「では、おまえの扱いは決定だな。あくまで俺に逆らって宋迅を庇うなら、宋迅の目論見に乗ってやろう。おまえもそのほうがいいのだろう？」

不思議な言い方をする珀龍に、俐香は首を傾げた。

「忘れたのか？　おまえは俺に提供された餌《えさ》だ。俺に色仕掛けで取り入り、有利な情報を引き出せ。おまえはそう命じられて皇城へ来たはずだ。違うか？」

俐香はすっと青ざめた。

ひどい言い方だが、珀龍の言葉は間違っていない。

「宋迅は、おまえがいかに美しいか、滔々《とうとう》と書き連ねていたぞ。大切に育てた掌中《しょうちゅう》の珠《たま》を俺に献上する。だから昔の経緯には目を瞑《つむ》ってくれ、とな」

嘲笑《あざわら》うように言われ、俐香はきゅっと唇を噛みしめた。それでも珀龍から視線をそらさず、じっと見つめ返す。

「自分で選べ。俺の慰《なぐさ》み者になるか、それとも素直に協力するか」

「いっそのこと、私を手にかけてください」

声を絞り出すと、珀龍はふんと鼻で笑う。

「そんな都合のいい言い分はとおらんぞ。おまえは自分で死を選ぶこともできない。そうだろう？　勇気がないわけじゃない。それだけ宋迅に縛られているからだ」

「私は……っ」

俐香は懸命に言い返そうとしたが、できなかった。

珀龍が言ったとおり、自ら死を選ぶ権利はない。

「俐香、おまえは子供の頃、いつもちょこちょこと俺についてきた。昔のよしみでおまえに逃げ道を与えてやったが、それを無視すると言うなら、もう決まりだな。おまえはたった今から俺の慰み者だ。せいぜい頑張って、俺をその気にさせるがいい。俺を籠絡できれば、宋迅を助けることができるかもしれんぞ?」

侮蔑とともに告げられて、俐香は再び唇を嚙みしめた。

けれども、他に選べる道はない。

俐香は視線を落として、頭を下げた。

珀龍はすっと立ち上がり、格子戸へと向かう。

「おまえの身柄を相応しい場所へ移す」

告げられたのはたったひと言。それきりで、珀龍は牢から出ていった。

†

手入れの行き届いた庭園の泉水では、薄紅色の睡蓮《すいれん》が今を盛りと大輪の花を咲かせている。

岸辺には楊《やなぎ》の木が植えられており、風が吹き抜けるたびに涼しげな葉ずれの音を響かせていた。

しかし、その音に重なって、密やかにすすり泣く子供の声も聞こえてくる。

光と影が揺らめく楊の下で両膝を抱えてしゃがみ込んでいるのは、この屋敷に引き取られ、俐香と名付けられた奴婢の子供だった。

睡蓮の花弁と同じ薄紅色の上衣を着て、艶やかな黒髪を背中に垂らしている。ひどい虐待を受けていた痕跡は、この一年でだいぶ薄れた。右目にはまだ醜い痣が残っているのだが、きれいな刺繍を施した白地の眼帯で隠してある。その一箇所を除いて、今の俐香は、驚くほど可愛らしい顔立ちになっていた。

そんな俐香がしくしく泣いているのは、自分が情けなくて仕方がないからだった。

この屋敷の主、司徒の耿宋迅は命の恩人だ。一年前、俐香はひどく弱っており、早々に死んでもおかしくない状態だった。宋迅は幼い俐香の命を救うため、都中から高名な医師を呼び寄せて治療に当たらせた。

俐香がこうして元気に生きていられるのは、すべて養父のお陰なのだ。

――小香、おまえはこの家の子供になるがいい。これからはもう誰もおまえを虐めたりしない。何かあれば、この養父が必ずおまえを助けてやろう。

養父はそう言って、寝台に寝かされた俐香の頭を何度も撫でてくれた。

だからこそ、俐香は早く立派な大人になって、恩返しがしたいと思っているのだ。

しかし現実は厳しく、俐香が望むようには進まない。それまでろくに教育も受けていなかった俐香は、何を習っても思うような結果が出せなかった。

それに、宋迅には俐香より八歳上になる嫡男がいて、俐香はいつもその桂迅に虐められていた。

──奴婢のくせに、うちの子になるなんて、俺は絶対に認めないぞ。化け物、気持ち悪いから、あっちへ行け！

桂迅は、養父の目が届かない場所で、俐香をつねったり叩いたりする。

でも、それぐらいはなんともなかった。自分が奴婢だったことも、醜い痣が残っていることも事実だ。疎まれるのは当たり前で、多少乱暴にされても我慢できる。

耐えられないのは、自分が何もできないことだった。

養父は他にも何人か、身寄りのない子供たちの面倒を見ており、皆が耿家で教育されていた。その中でも俐香は最高に出来が悪いのだ。武芸の稽古では体力がなくて、すぐにふらふらになるし、不器用な俐香はものを覚えるのも遅かった。必死に努力はしているのに、まったく結果が出ない。

それがどれほど惨《みじ》めで情けないか……。でも、皆の前で涙を流すなど、とんでもないことだった。ここでちょっとだけ弱音を吐けば、また頑張れるはずだから……。

俐香はそう思って、こっそりと泣いていたのだ。

しかし誰にも内緒でちょっとだけ弱音を吐くという目論見は、突然後ろから声をかけられて、破れてしまう。

「小香、どうした?」

「あっ、珀龍様！」

現れたのは凛々《りり》しい顔立ちの少年だった。

水色の上衣を着た珀龍は、この国の第二皇子だ。養父が教育係を務めている関係で、時折屋敷までやってくる。

「泣いていたのか、小香。また桂迅に木刀で殴られたのではないか？」

「あっ、いいえ、そんなこと」

言い当てられた俐香は、うっかり頷きそうになったが、慌ててかぶりを振った。

「本当か？　どれ、顔をよく見せてみろ。よいしょっと」

いきなり高く抱き上げられて、俐香は息をのんだ。

年齢差は五歳ほどだが、珀龍は子供ながらも体格がよく、小柄な俐香を抱き上げてもびくともしない。

「俐香は泣いてません。それに、もう小さな子供でもありません。だから、抱っこはもういいです。下ろしてください、殿下」

間近で顔を覗き込まれた俐香は、精一杯意地を張って言い募った。

本当は抱き上げられて、すごく嬉しかった。でもいつまでも甘えてはいられない。

珀龍は俐香を下ろしたあと、腰をかがめて顔を覗き込んでくる。

「意地っ張りめ。そら、ここに大きな涙の粒が残ってるぞ？」

親指で、左の目尻に溜まった涙を拭われて、俐香は息をのんだ。泣いていたのを見られた羞恥も湧《わ》いて、頬がほんのり赤くなる。

　珀龍は不思議な皇子だった。高い身分を有しているのに、奴婢の子と知ったうえでも、俐香に優しくしてくれる。

　穢《けが》れていると蔑《さげす》んだりせず、こうして平気で触れてくるのも、俐香には信じ難いことだった。桂迅は醜い痣が気持ち悪いと言って、俐香との接触を極力避けているのに。

「殿下は……気持ち悪くないのですか？」

「何が？」

「だって、私には痣があるし」

「痣ぐらい、なんだ？　それに、もうずいぶん薄くなったんだろう？　ちょっと見せてみろ」

　珀龍はそう言って、いきなり眼帯に手を伸ばしてくる。

「えっ、やだ……っ」

　俐香は慌てて逃げようとしたが、珀龍は簡単に眼帯を奪い取る。

　久々に外気に触れたその場所を、じっと見つめられ、俐香は唇を嚙みしめた。

　醜い痕が残っている。桂迅にはいくら悪し様に言われても我慢できるが、珀龍に知られるのは恥ずかしかった。

「目はちゃんと見えるのだろう？」

　珀龍は俐香の両肩を宥《なだ》めるように押さえて、静かに訊ねる。

「見え、ますから……」

　俐香は懸命に視線をそらしつつ、掠れた声で答えた。

「そうか。ならよかったな。無理に見たりして悪かった。許せ。痣も気にするな。もう少しすれば、きっと消える。そしたら、おまえは都で一番可愛くなるぞ?」

「そんなの嘘です」

「何を言う。嘘ではないぞ。それなら、約束しよう。おまえが都で一番の器量よしになったら、妃にしてやる」

「だけど、俐香は男子なのですから、殿下の妃にはなれませんよ?」

「そうだったな……」

　珀龍はそう言って、いくぶん照れくさそうに微笑む。

　でも元どおりに眼帯をされたあと、俐香はふわりと抱きしめられた。

　小柄な俐香の身体は、皇子の上衣の袖ですっぽり隠れてしまう。

　温かさに包まれて、俐香はまた泣きそうになった。

　奴婢だった自分が養父に命を救われ、この国の皇子にまで優しくされている。

　こんな幸せがあっていいのだろうか。

　全部、ただ夢を見ているだけではないかと思うと怖くなってしまう。

「珀龍様……」

俐香は甘えるように名前を呼びつつ、ぎゅっと珀龍の上衣にしがみついた。

†

ひどい頭痛にこめかみを押さえながら、俐香はゆっくりと覚醒した。

幼い頃の夢を見ていた。優しかった珀龍の夢だ。

でも、幸せだった昔はもう戻ってこない。

静かにまぶたを開けた俐香は、馴染みのない部屋に不審を覚えた。

薄い紗《しゃ》の帳《とばり》を下ろした寝台で寝ていたが、ここがどこなのか、まったくわからない。

頭を振りつつ半身を起こし、俐香はますます違和感に襲われた。

広さはさほどでもない。奥の壁には朱色に塗られた板戸が嵌まっており、別の方向には丸く切られた窓枠があった。

室内には優美な調度も揃っていたが、全体がどことなく雅《みやび》な感じだ。そして、まるで婦人の部屋にいるかのような居心地の悪さもあった。

「ここは、いったい……」

俐香は低く呟き、そのあとすぐに思い出した。

珀龍に、相応しい場所に移すと言われ、それからまもなく、牢に迎えが来た。俐香はその者たちに、この薬湯を飲めと命じられ、口に含んだとたん、意識が途切れてしまったのだ。

あのあと牢から出され、ここまで運ばれてきたのだろうか。

けれども、ここはいったいどこだろう?

俐香はゆっくり寝台から足を下ろし、またひとつ違和感に襲われた。

純白の真新しい絹の夜着は、牢で着ていたものとはまったく違う。しかし、この夜着は上半身の部分がやけに薄くできていて、肌が透けて見えていた。

俐香は室内の様子をさらに観察した。

まず開けてみたのは窓だ。外には手入れの行き届いた小さな庭が見えた。しかし、その庭の向こうに広がる景色に、俐香は眉をひそめた。

寺院の塔が見えたのだが、目線が七重の屋根と同じだったからだ。

これではまるで、この部屋が寺院の塔と同じ高さにあることになる。

俐香は庭に下りて確かめてみようとしたが、鍵が掛かっていて外には出られなかった。

戸惑いを覚え、今度は部屋の戸口に向かう。

次の間には華やかな緋毛氈《ひもうせん》が敷かれているだけで、誰の姿もない。俐香はさらにその先に進もうとしたが、今度は戸口に錠が下ろされていた。

「出られないようになっているのか……」

俐香は誰へともなく呟き、ほっと息をついた。

自由にしてもらえるとは、最初から思っていない。自分は囚《とら》われの身で、さらに珀龍の慰み者とされる運命なのだ。閉じ込められていても、今さら驚くことはない。

しかし、その時、ちょうど扉の外に誰かの気配がする。錠前のきしむ音がして朱塗りの扉が開き、現れたのは、きれいな男だった。

「もうお目覚めでしたか？」

「はい……」

俐香はぎこちなく答えた。

男は華やかな模様の上衣下裳を着て、梳き流した髪に、珊瑚を散らした金細工の髪飾りをつけている。年齢は二十代後半という感じだが、本当のところはよくわからない。

どこかで見かけたことがあるような気もしたが、俐香の知り合いには、こんな雅な雰囲気の男はいなかったはずだ。

「お身体の具合はいかがですか？　きつい薬ではないそうですが、二日ほど眠っておられたので……」

男は白い手でそっと螺鈿《らでん》細工が施された優美な椅子を指し、俐香に座るように勧める。

俐香が素直に応じると、男も向かいに腰を下ろした。

薄く化粧をしているらしく、本当にきれいな男だった。

「あの……ここは……？　私はどうしてここに？」

俐香が戸惑いつつ訊ねると、男は艶然と微笑む。

「何もご存じなかったのですか？」

「いいえ」

俐香はゆっくり首を左右に振った。

「そうですか。それではお答えします。ここは北里。華街です」

「華街？」

「はい。男色を専門とする妓楼《ぎろう》、星青楼《せいせいろう》です」

俐香は聞き慣れない名に、首を傾げた。

北里は都でも有名な色街であることは知っているが、男色を専門にする妓楼が存在するとは驚いた話だ。

「あなたは、こちらの男妓《だんぎ》になられたのですよ」

重ねてそう教えられ、俐香は言葉を失った。

男妓……それはいったいどういうことなのか……。

「この部屋は星青楼の七階。あなたはここで色の道を覚え、お客様をお慰めするのです。外へ出ることはできません」

「待って……待ってください！　珀龍様は？　あ、珀龍殿下は？」

琍香は焦り気味に訊ねた。

珀龍の慰み者にされるとばかり思っていたのに、ここは遊郭だという。

色の道を覚えて客を慰めるとは、大勢の男に身体を売れということだった。

「珀龍殿下、ですか……。さて、こちらにお見えになるかどうか、まだわかりません」

淡々と告げられて、琍香はさらに呆然となるだけだった。

眠らされている間に、様々なことが決められてしまったようで、俐香は何をどうしていいかもわからなかった。

三

ただ境遇が変わったことだけは疑いようのない事実で、先ほど話をしに来たのは、青蝶《せいちょう》というこの妓楼の主《あるじ》だった。

その青蝶の命令で、妓楼の細々《こまごま》した用をこなす歳若い者たちが現れて、俐香の世話を焼き始める。まずは次の間に大きな銅製の湯船が運び込まれ、俐香は身体を隅々まで洗われた。

大勢の目があるなかで肌をさらすのは恥ずかしかった。だが、三人の子供たちに群がられ、逃げ出す隙もない。

「なんてきれいな肌をしていらっしゃるんでしょう」

「本当にすべすべで、羨《うらや》ましい」

「長い間、この最上階に住む方はいらっしゃらなかったと聞いております。でも、俐香様ならこの特別な部屋に相応しい」

「ああ、これから俐香様のお世話ができるかと思うと、胸がどきどきしてきます」

口々に言う子供たちは、一見しただけだと女の子かと思うほど美しい顔立ちで、薄く化粧も施していた。それぞれが華やかな衣装を身につけ、大袖だけは濡れないように捲《まく》り上げている。

一番年長の子は牡丹《ぼたん》という名で、もうすぐ十六になるという。名前に相応しい華やかさがある。十三歳の桃花《とうか》は歳に似合わぬ落ち着いた雰囲気の子だ。一番年少の桂花《けいか》は十一歳。まだ身体も小さいが、にこっと笑った顔が愛らしかった。

「俐香様、大切な場所、きれいにしますから、少し腰を浮かしてもらえますか？」

牡丹がそう声をかけてきて、俐香は羞恥で頬を染めた。

今までは腕や背中、胸などを布で擦られていただけだが、牡丹は背中から尻へと手を沿わせてくる。細い中指があらぬ場所まで意味ありげに伸ばされて、俐香は心底慌てた。

「待って！　そんなところまで洗ってもらわなくていいから……っ」

必死に訴えたが、牡丹は困ったような笑みを浮かべただけだ。

「俐香様、私たちは徹底して俐香様のお世話をするように、青蝶様から命じられているのですよ？　手抜きなどしたら、叱《しか》られてしまいます」

横から反論してきたのは桃花だった。俐香より五歳も下だというのに、大人顔負けに堂々としている。

その桃花の言を受けて、桂花もにっこりと俐香の顔を覗き込んできた。

「俐香様、大切な場所、ふたつあるので、こちらはぼくがお世話しますね」

「やっ、待って！」

桂花が触れてきたのは男子の象徴だった。いきなり手でつかまれて、俐香は思わず腰をよじった。

桂花の手から逃れようとして、銅製の湯船に張った湯がザブリと跳ねる。

「あっ、濡れちゃった」

頓狂《とんきょう》な声を上げたのは桃花だ。落ち着いた雰囲気を保っていたのに、思わず素を覗かせてしまった感じだ。

「ごめん。驚いてしまって……でも、そこは本当にいいから」

俐香はそう謝りつつ、ぎゅっと身を縮めた。

相手は子供だ。そう思ったからこそ、世話を任せていたのだが、肌をさらしているのは自分ひとりだ。いくら子供でも、色街では先輩に当たる。きっと自分などよりよほど色事にも詳しいだろう。

そう思うと、新たな羞恥に襲われた。

「俐香様、いけませんよ？　ここでは沐浴《もくよく》にもお作法があるのですから」

「作法……」

牡丹から肩越しにやんわりと声をかけられて、俐香は思わず怯《ひる》んでしまった。

「全部、私たちに任せてくださいね？」

「怖いことなどありませんからね、俐香様」

年少の桃花と桂花からも宥めるように言われては、もう逆らうこともできない。

身体中を緊張させじっとしていると、三人の手がいっせいに伸びてきた。

桃花と桂花は花芯に、そして背後の牡丹は再び尻をやわやわと撫で始める。

子供が世話をしてくれているだけだ。

俐香は必死になって自分自身に言い聞かせた。

だが、桃花と桂花に洗われているのは、特別敏感な場所だ。他人の手で触れられ、なんとも言いようのないむずむずした感覚に襲われる。

そのうえ牡丹の指が、また恥ずかしい窄《すぼ》まりを擦り出す。

「俐香様……力を抜いててくださいね」

牡丹が耳に口を寄せ、ひっそりと囁《ささや》く。

「あ……」

息を詰めた瞬間、細い指先がくいっと中に入り込んだ。

あらぬ場所に異物を咥《くわ》え込む異様な感触に、びくりと腰が震える。その瞬間を狙《ねら》ったように、桃花が握っているものをやんわりと擦り上げた。

「やっ……あぁ」

止めようもなく腰が揺れて、湯船にまた新たな波が立つ。

刺激されたせいで、否応なく中心に血が溜まった。

「あっ、俐香様がびくっとなさった。すごい、むくむく大きくなっていく」

無邪気に歓声を上げたのは一番歳下の桂花だ。

「さすがは俐香様、こちらの形も美しいですね」

桃花が訳知り顔で、反応し始めたものを根元から、つうっと指でなぞり上げる。

「ああっ」

明らかな快感に襲われて、俐香は思わず腰を突き上げた。

「あっ、すごい！　また、びくって大きくなった」

桂花が無邪気に歓声を上げ、牡丹がくすっと笑いながら中に入れた指を回す。

「あ、……もう、やめ……っ」

歳下の子供三人に弄《もてあそ》ばれて、俐香は懸命に身体をよじった。

桃花の手をつかんで中心からどかしても、今度は桂花の両手で包み込まれてしまう。

後孔に入れられた牡丹の指は、どうにもできなかった。

このままでは子供たちの前で粗相《そそう》をしてしまう。

切羽詰《せっぱつ》まった俐香は本気で逃げ出しにかかった。

「もうやめてくれ」

ひときわ大きく身体をよじり、湯船から出ようとすると、さすがに皆の手が離れる。

湯が跳ね返って、あたりはびしょびしょになってしまった。

「大変！」

「あーあ」

「びしょびしょ」

三人は揃ってがっかりした声を上げたが、そのあと気を取り直したように動き始めた。

「俐香様、申し訳ありません。不快だったですか？」

牡丹がそう謝りながら、湯上がり用の大きな布で俐香の身体を覆う。

「ごめんなさい、俐香様」

桃花は俐香の濡れた髪を拭い始めた。一番下の桂花は、健気《けなげ》にも汚れた床を拭きにかかっている。

しゅんとした様子を見せた子らに、俐香は自分の大人げなさを情けなく思った。

「私こそ、すまなかった。ここでは、そなたたちより私のほうが新参なのに……」

「そんな、俐香様は何も悪くありません。私たちこそ、ちょっと急ぎすぎでした。でも、青蝶様が私たちに俐香様のお世話を言いつけられたのは、俐香様から色々教えていただくようにとの含みがあるからなんですよ？」

年長の牡丹が、俐香の身体を丁寧に拭いながら、そんなことを口にする。

「色々教えるとは、何を？」

「書とか、歌舞音曲とか……。俐香様は舞がお得意だと伺いました。楽器は何をなさるのでしょうか?」

「舞なら少しは……楽器は、琴《こと》と笛、それに二胡《にこ》と琵琶《びわ》も弾けるが……」

さらりと告げると、三人は互いに顔を見合わせ、ほうっとため息をつく。

武芸の才がないとわかると、養父は俐香に様々な教養を身につけさせた。俐香にはそちらのほうが性に合っていたようで、書や舞、楽などは相当な腕前になっていた。

「やはり、さすがですね、俐香様」

「ああ、俐香様のように麗しいお方から、色々教えていただけるなんて、夢のようです」

「ぼくも……宦官《かんがん》になる道を選ばなくて、本当によかった」

にっこり笑った桂花に、俐香ははっとなった。

「……桂花は、宦官になるはずだったのか?」

「そうです。お宝を売ればお金になるから……。でも、あそこを切るのって、すっごく痛いって聞いて、怖くなっちゃったんです。そしたら仲買人が、おまえはきれいな顔してるから、妓楼のほうに売ってやるって」

なんでもないように説明する桂花に、俐香は胸を衝かれた。

明るく振る舞っているけれど、この子たちも自分と一緒で、囚われの身なのだ。どういう事情でかは知らないが、ここに売られてきた子供たちだった。

「さあさあ、桂花。俐香様のお召し物、急いで準備して。ゆっくりしてると風邪をひいてしまわれるから」

「はーい」

牡丹の指図で、桂花は小走りで離れていく。

俐香も牡丹に促され、次の間へと移った。

妓楼の最上階には四つの部屋があった。その内のひとつは衣装部屋と言っていい場所だ。華やかな色合いの着物が何枚も壁にかけられ、窓際には螺鈿細工を施した美しい化粧用の鏡も用意されていた。

俐香は桂花が持ってきた、淡い黄色の上衣と純白の下裳を身につけて、その鏡の前に腰かけた。

「御髪《おぐし》を整えて、化粧もしますね」

牡丹は丁寧に濡れた髪を拭い、前髪をすくって手早く小さな髷を結った。そこに花を模した冠を載せ、残りの髪はきれいに梳《くしけず》って背中に垂らす。

髪が終われば、次は化粧だ。薄く白粉《おしろい》を掃《は》いたあと、額に紅い花子《かし》も描かれた。

「きれい……」

「すごい」

「なんて、美しい……」

子供たちは支度の終わった俐香を見て、夢見心地でため息を漏らす。

だが、変わっていく自分を鏡で眺めていた俐香は、戸惑いを隠せなかった。

あでやかな女のような姿だ。

ここは妓楼で、自分はそこに囚われてしまった。

耿家の屋敷で、養父と一緒に詩を作り、穏やかに微笑み合っていたのは。ついこの間のことだというのに、その後、目まぐるしく何もかもが変わってしまった。

珀龍は、俐香を慰み者にすると言っていたが、何故か遊郭に連れてこられて……。

自分は本当にここで、見知らぬ客を取らされるのだろうか……。

磨かれ、飾り立てられた己の姿を見ても、まだ俐香には信じられなかった。

「あ、青蝶様がいらした」

桃花の声で振り向くと、水色の涼やかな上衣下裳をまとった、この妓楼の主、青蝶が部屋に入ってきたところだった。

身長は俐香より高い。ほっそりとした立ち姿は、名のある絵師が描いた美人画のような風情がある。

俐香はすっと椅子から立ち上がり、青蝶の前で軽く頭を下げた。

「支度がお済みのようですね。さっそくですが、今日からすぐに身体のほうの準備を始めましょう。覚えてもらうことが多い。男妓はもっと幼い頃から訓練を始めるのが普通です。大人になると身体が固くなってしまって、お客様を喜ばせる器《うつわ》に仕上げるのが困難になるのです。遅れた分、苦労するでしょうから、その覚悟はしておいたほうがよいですよ」

青蝶は感情のこもらない声で説明する。

俐香は焦りを覚えて訊ね返した。

「あの、私は本当に、こちらで仕事をしなければならないのでしょうか？」

「ここがどういう場所であるかは、すでにお話ししたはずですが？」

青蝶はやんわりと答える。

「私は珀龍様の慰み者にされると……。でも、こちらの妓楼に売られたのでしょうか？」

珀龍は自分をそばに置く気にもならなかった。だから、あっさり遊郭に売った。

この成り行きはそうとしか思えなかった。

「あなたをこちらに連れてこられたのは、確かに珀龍様です。男妓としてお預かりする。私はそう珀龍様と約束を取り交わしました。それ以上のことは、今は言えません」

「でも……私は……」

俐香は縋《すが》るように青蝶を見つめた。

珀龍の慰み者になる覚悟は決めた。しかし男妓にされるなど、到底受け入れられないことだった。このまま珀龍に二度と近づけないなら、養父のためにできることもなくなる。男妓にされるぐらいなら、死を選んだほうがましだった。

青蝶は、俐香の真剣な様子に、やれやれといったように嘆息する。

「実を言うと、その珀龍様からご連絡がありました。もうすぐこちらへお越しになるでしょう」

「えっ？」

思いがけない話に、俐香は目を見開いた。

「珀龍様が……」

「とにかく、そういうことですから、念入りにお迎えのお支度を。牡丹、もっと華やかなものに着替えていただきなさい」

「はい、青蝶様。かしこまりました」

牡丹は両手を交差させて袖の中に隠し、腰を折る。

青蝶はひとつ頷いて、静かに部屋を出ていった。

†

俐香は女性が好む、あでやかな紅紫の襦裙《じゅくん》姿で珀龍が現れるのを待っていた。

裙を胸のあたりまで引き上げ、上から藤色の薄く透ける紗の衫《さん》を羽織り、牡丹色の帯を締めている。首から胸にかけて白い肌が剝き出しで、玉を散らした金の飾りをつけていても、なんだかひどく頼りない気分だった。

床には波斯《ペルシャ》渡りの絨毯《じゆうたん》が敷かれ、透かし彫りで勇猛な虎《とら》の紋様を刻んだ衝立《ついたて》の前に、客人のための座が設けられていた。高価な花蠟燭《はなろうそく》が惜しげもなく灯され、室内は真昼のように明るい。仄《ほの》かに甘い匂いを発する香も焚かれていた。

すでに酒肴《しゆこう》の用意が整っており、俐香は客人の席の隣、そして牡丹、桃花、桂花の三人も、それぞれ着飾って左右に控えている。

俐香は緊張しながら、珀龍が現れるのを待っていた。

しばらくして、いよいよ青蝶に案内された珀龍が姿を見せる。

鈍色《にびいろ》の上衣下裳に渋い銀色の帯を締め、上から暗色の長袍を羽織っていた。

精悍な顔に目がいって、わけもなく鼓動が高まる。だが、鋭く見つめ返されたと同時に、俐香は思わず俯《うつむ》いた。

逞しい珀龍の前で、女のように肌を露出させて着飾っていることが恥ずかしかった。

「ようこそ、お越しくださいました」

「お待ち申し上げておりました」

「ようこそ、星青楼へ」

横に控えた三人が元気な声で挨拶《あいさつ》する。

珀龍は無言で、俐香の隣に腰を下ろした。

牡丹と桃花がすぐに酒器を持って、酒を注ぎにいく。

珀龍の次に、俐香も酒を注がれたが、口にする気にはなれない。

「俐香様、珀龍様に何かお聴かせしてはいかがですか？　楽器ならば、ひととおり揃っておりますので」

沈鬱《ちんうつ》な雰囲気を払うように、末席に控えていた青蝶が声をかけてくる。

珀龍は妓楼を訪れた客。だから精一杯もてなす。そういうことなのだろうが、俐香はまだ何をどうしていいのかわからなかった。

黙ったままでいると、青蝶が珀龍に訊ねる。

「ご所望《しょもう》は？」

だが、珀龍はゆっくり首を横に振る。

「今はよい。俐香もその気はないだろう。先ほどから口ひとつきかん」

冷ややかな言いように、俐香はきっと珀龍を見据えた。

「何をどうすればいいのか、おっしゃってください。私は珀龍様の慰み者でございましょう。ご所望とあれば、いかようにもいたします」

思わず辛辣《しんらつ》な言い方をしてしまうと、珀龍がにやりと笑う。

「なんでもするとな……ふん、それなら話は簡単だ。青蝶、聞いてのとおりだ。そなたたちはもう席を外せ。俐香とふたりにしてもらおうか」

珀龍の言に、青蝶が深々と頭を下げる。

「それでは、よろしくお願いいたします」

俐香は内心で焦りを覚えたが、青蝶は静かに立ち上がり、牡丹たち三人にもそれとなく合図を送る。

珀龍とふたりきりにされる。

俐香は、行かないでほしいと縋りそうになるのを、懸命に自制した。

青蝶が皆を連れて出ていってしまえば、また気まずい雰囲気になる。

俐香は気を利かせて酌《しゃく》をすることもできず、じっと自分の手元を見ているだけだった。

訊《き》きたいことが山ほどあるが、すぐには言葉も出てこない。

「妓楼に入れたことが気にくわないか？」

珀龍が皮肉っぽく吐き捨てる。

俐香はぐっと奥歯を噛みしめ、それから毅然と顔を上げた。

「どうしてなのですか？　何故、私をこのような場所に？」

妓楼に置かれるくらいなら、殺してくれたほうがいい。

自分では死ねない。だから、珀龍の手で殺してほしい。

俐香は言外にそう匂わせて、じっと珀龍を見つめ続けた。

「宋迅は養い子のおまえを、俺に献上した。おまえをどうしようと俺の勝手。あのまま慰み者にしてもよかった。しかし、事情が変わった」

「どういう、ことですか？」

「兄上はおまえを……いや、兄上が……そう、陛下はおまえを気に入られたご様子なのだ……それで、おまえを陛下にお譲りすることにした」

「そんな……まさか……」

思わぬ展開に、俐香はそれきりで声を失った。

珀龍は、目の前にあった膳《ぜん》をずいっと横にずらし、俐香のそばに膝を進める。

ぐいっと手首を握られ、俐香はびくりとすくんだ。

「兄上は後宮の主となられた。だがな、今はまだ女性に手を出されては困るのだ。臣下はこぞって、娘たちを後宮に送り込んでくる。それがどういう意味かわかるだろう？」

俐香は黙って頷いた。

「送り込んだ娘が運よく皇子を産み、その子が次代の玉座に即けば、朝廷で絶大な権力を揮《ふる》える立場となる。そして腹違いの皇子が増えれば、また争いが起きるというわけだ。それゆえ、兄上にはきちんとした基盤ができるまで、後宮の女には手をつけないでもらいたいと進言した。しかし、長く禁欲していただくわけにもいかん。かと言って、宦官どもに任せては、また別の問題も起きる。奴らには誰の息がかかっているか、知れたものではない。信用などできん。そこで、おまえの出番というわけだ」

珀龍は何かに取り憑かれたかのように、目をぎらつかせて言う。

俐香はあまりのことに、目眩《めまい》がしそうだった。

「おまえにはここで、ひととおり閨《ねや》の作法を覚えてもらう。それが終わってから、陛下に献上することになる」

「……そんな……」

俐香は唇を震わせた。

思いもかけない話だ。どう反応していいかもわからなかった。

「それとも……いやだとでも言う気か？　おまえにはすでに選択肢を与えた。気が変わって、宋迅の逃亡先を吐くなら、考え直してやってもいいぞ？　どうだ？」

珀龍は嘲るように訊ねてくる。

「私は何も……知らないのです」

弱々しく訴えても、珀龍はふんとせせら笑っただけだ。

「よく考えろ、俐香。宋迅を庇って自分を犠牲にするつもりか？　奴はおまえのことを、都合のいい道具として育てただけだ。おまえが庇ってやる価値などないぞ？」

「養父は、命の恩人です！」

思わず強く言うと、珀龍は苛立たしげに舌打ちした。

「やはり、無駄か……。なら仕方ない。俺の勝手にするだけだ。いずれにしても、おまえは宋迅からの貢ぎ物。まさか、文句は言うまいな？」

俐香には拒否することなどできなかった。

じっと珀龍を見つめていると、端整な顔が酷薄に歪む。

「俐香、閨はどこだ？　次の間か？　さっさと案内しろ」

「えっ」

驚いた俐香の手を引いて、珀龍はいきなり立ち上がる。そのまま強引に次の間まで連れていかれ、俐香は心底焦った。

「な、何をなさる気ですか？」

「おまえの躾《しつけ》だ」

珀龍は短く答えて、俐香を寝台の上に追いやった。

四隅に柱が立てられた、大きな箱形の寝台だ。四柱には薄い布がかけられている。

「躾とは、どういう意味……」

「言っただろう。おまえは皇帝に献上する。その前に色々躾けておかねばならぬ。だが、皇帝への献上品を滅多な者に触らせるわけにはいかんだろう。それゆえ、俺がおまえの教育係を引き受けてやろうというのだ」

「！」

あまりのことに、俐香は目を見開いた。

上からのしかかってくる珀龍は、にやりと余裕の笑みを浮かべている。

「まずは、身体を全部見せてもらおうか。その美しい顔と同じで、身体もきれいかどうか、調べてやる」

「…………っ」

「どうした？　おまえは男を喜ばせる男妓だぞ。自分から肌を見せて、婀娜《あだ》っぽく俺を誘ってみろ。それとも、おまえを裸にする楽しみを、俺に与えてくれるというのか？　さあ、どっちだ。さっさと決めろ」

俐香はぎゅっと身をすくめて、首を左右に振った。

予想もつかなかった展開に、とっさには何も答えられない。

「ふん、これだけの顔だ。宋迅が自慢するだけのことはある。今まで宋迅の命令で男を誘惑したことぐらいあるだろ？」

珀龍は俐香の頬に手を当て、意味ありげになぞり上げる。

「誘惑だなんて……したことは、ない……っ」

「もう、おまえも十八だ。それで、今まで何もなかったとは信じられんな。何も知らない振りで、男をその気にさせる。そういう手か？」

「わ、私は……何も……っ」

「男に抱かれたことはない。そう言うのか？」

馬鹿にするように重ねられ、俐香は屈辱に震えながら頷いた。

珀龍は何故か、ふわりと口元をゆるめる。だが、その口からは再び辛辣な言葉が投げつけられた。

「殊勝な顔で俺を騙そうと思っても無駄だぞ。おまえの身体を調べればわかることだ」

珀龍はそう言ったかと思うと、するりと俐香の胸に手を伸ばしてきた。

胸元をなぞられて、そのあとぐいっと襦《じゅ》を下げられる。露出した部分がさらに大きくなり、左胸の小さな粒が外気に触れた。

「あ……っ」

女の格好をしていたせいか、平らな胸を見られたことがひどく恥ずかしい。

「乳首は小さいな。色も薄い」

珀龍はそんなことを呟きながら、小さな粒を無造作に摘《つま》み上げた。

きゅっと容赦なく指に力を入れられて、痛みが走る。

「ああっ」

俐香が声を上げると、今度は指先でやんわり円を描かれた。

「あっ、……く」

そんなふうにされると、何故だか焦れったく感じてしまう。男には無用な場所のはずなのに、珀龍に弄《いじ》られるだけで、身体の芯まで疼《うず》いてくるような気がした。

「ここは開発のし甲斐《がい》がありそうだな。少し吸ってみるか」

珀龍はそう言って、胸に顔を伏せてくる。

逃げ出す暇もなく先端に口をつけられて、ちゅくっと吸い上げられた。

「あ、やだ……っ」

思わぬ疼きが湧き上がり、俐香は声を震わせた。

刺激を受けた先端が、きゅっと硬くなる。そこに歯を立てられて、またさらにおかしな疼きが湧き起こった。

珀龍は、もう片方の胸も剝き出しにして、交互に刺激を与えてくる。

「や、……もう、やめ……っ」

珀龍の指と舌で嬲《なぶ》られて、何故か身体の芯に熱がこもった。

硬くなった乳首は、摘まれたり弄られたりするたびに、敏感になっていく気がする。

「やはりな……なかなか優秀だ。少し弄っただけで、けっこう感じたようだ」

「あ、……」

いったい何を言う気だと、俐香は珀龍を睨《にら》んだ。

その珀龍の手が、突然裙の上を滑《すべ》り、腰の中心に宛てがわれる。

俐香はびくんと腰を震わせた。

「すっかりその気だな」

「ち、違う……っ」

必死に否定しても無駄だった。胸を弄られ、そこが何故か反応していた。やわらかな絹をとおして珀龍の手の温もりが伝わり、いっそう中心が張りつめる。

「ふん、違うと言うなら、見せてみろ」

「いや、だ……っ」

「いやだとはなんだ？　おまえは男妓になったのだぞ？　命じられたことに、素直に従え」

珀龍は自ら裙をつかんで捲り上げる。下衣も一緒にめくられ、秘めておくべき場所が簡単にさらされた。

あまりの淫らさに、俐香はかっと頬を染めた。

珀龍が目を細めて見入っているのは、恥ずかしげもなく勃《た》ち上がってしまった花芯だった。若々しく存在を主張するものに、珀龍が手を伸ばしてくる。やんわりと握り込まれ、俐香は息をのんだ。

「……っ」

「おまえが楽しんでいることがわかれば、男も悦ぶ。隠すことはない」

「そんな、こと……」

「おまえがいやだと言っても、ここは素直に悦んでいる。今日は初回だ。まずはおまえを気持ちよく達《い》かせてやろう」

珀龍はそう言いながら、手で包み込んだ花芯を根元からそっと擦り上げた。

「ああっ」

間違えようのない快感が身体中を走り抜け、俐香は思わず腰を揺らした。

珀龍は巧みに花芯を刺激する。根元から何度か擦り上げられただけで、俐香は最大に張りつめた。

「蜜が滲んできたぞ」

珀龍はにやりと笑って、先端の窪《くぼ》みを指でなぞる。

本当に、じわりと蜜が溢《あふ》れる感覚があって、俐香は泣きそうになった。

「いやだ……」

信じられなくて、かぶりを振ると、珀龍はさらに意地の悪い命令をくだす。

「俐香、もっと足を広げろ。膝も立てるんだ」

「でき、ない」

とっさに拒否すると、珀龍は舌打ちして花芯から手を放す。

けれども、ほっと息をついたのは一瞬のことだった。

「こうするんだ」

両足をばらばらにつかまれて、無理やり広げさせられる。それから膝も深く曲げさせられ、俐香は赤児が襁褓《むつき》を取り替える時のような、恥ずかしい体勢を取らされた。

帯は締めたままだが、胸と下肢はほとんどが剝き出しになっている。

あられもない格好に、俐香は顔から火を噴きそうだった。

なのに、こんな屈辱を与えられても、花芯はまだ張りつめたままになっていた。

「清純そうなおまえが、こうして淫らな姿をさらしているのは、なかなか見応えがあるぞ。本当か嘘か知らんが、男を相手にするのが初めてだと言うなら、特別に気持ちのいいやり方で達かせてやろう」

珀龍はそう言ったかと思うと、すっと逞しい身体を下降させる。

だらりと広げさせられた中心に、温かな呼気を感じて、びくりとなる。

次の瞬間、張りつめたものが、珀龍の口に咥え込まれた。

「ああっ、いやだ、駄目……っ、そんな、駄目です……っ、いや、あ……っ」

俐香は切れ切れの悲鳴を上げた。

珀龍は皇弟だ。この国で二番目に高貴な男が、不浄なものを口にしている。

俐香はあまりの禁忌《きんき》に、大きく腰をよじった。それでも、珀龍は手でしっかり俐香の足を押さえ、口淫を始める。

「やっ、あ、ああぁ……う、くっ」

口ですっぽり咥えられ、舌も絡められる。

圧倒的な快感で、俐香は嬌声《きようせい》を上げるだけだった。

窄めた口で花芯を上下されると、身体の奥から欲望が迫り上がってくる。今にもそれが噴き出してしまいそうだった。

「駄目……っ、珀龍、様……っ、口を……は、放して……っ、やあっ……うぅ」

夢中で珀龍の頭に手をやって、どかそうとしても、そのたびに舌で敏感な部分を刺激されて、力が抜ける。

俐香の指は珀龍の黒髪を掻き交ぜるだけになってしまう。

そのうえ珀龍は、俐香が噴き上げそうになると、さっと口を離し、今度は舌で先端の窪みを舐め始める。

「うぅ……ふ、くっ」

あと少しで極めそうだった俐香は、荒い息をついた。

珀龍の舌は先端からそれ、幹を辿《たど》ってさらに下まで滑っていく。花芯から離れた舌は、あろうことか恥ずかしい狭間《はざま》にまで達した。

「やっ、な、何……っ、あっ、駄目……やっ、それは駄目……っ」

窄まりに舌を這わされて、俐香は悲鳴を上げた。

高貴な珀龍が、もっとも不浄な場所を舐めているのだ。

必死に逃げようとしたけれど、珀龍は抜け目なく、両足を押さえている。

「いやだ。もう、許して……っ、いけない。……そんなの駄目、です……」

俐香は涙を溢れさせながら訴えた。

それでも珀龍は許してくれず、固く閉じた場所をたっぷり舐められてしまう。

「うう……う、く……うぅ」

珀龍は時折、花芯にも舌を伸ばしてくる。

信じられないのは、自分の淫らさだった。禁忌の行為に恐れをなしているのに、花芯は張りつめたまま。また新たな蜜までこぼしている。

「いい調子だな、俐香」

ようやく口を離した珀龍が、揶揄《やゆ》するように言う。

俐香は死ぬほどの羞恥で身を縮めるだけだった。

しかし、それで終わりではなかった。珀龍は唾液でたっぷり濡れた場所に、指を入れようとしていた。

「もう、やめて……ください……っ、許して……う、くっ」

俐香は泣き声を上げたが、珀龍は容赦なく指をねじ込んでくる。

「狭いな」

「や、あぁ……あっ、やあ……っ」

強引に太い指を咥え込まされて、俐香は力なく首を振った。

湯浴《ゆあ》みの時に、牡丹の細い指を入れられた。だが珀龍の指はそれとは比べものにならないほど太く、しっかりと根元までこじ入れられてしまう。

「今日は初回だ。だから、指一本で許してやろう。気持ちよく達けばいい」

珀龍は再び花芯を口に咥えてきた。

「やっ、……あ、ふっ……くぅぅ」

深く花芯を咥えられ、それと同時に中に入れられた指を回される。

異様な刺激と痛みは、圧倒的な快感で誤魔化された。それどころか、珀龍は花芯を口で弄びながら、指をくいっくいっと抜き挿しする。

「んんんぅ……っ、いや、……あぅ」

前後を同時に刺激され、どうしていいかわからなかった。

あり得ないことに、また身体の芯から欲望が迫り上がってくる。

ひときわ深く指を押し込まれ、花芯をちゅくりと吸い上げられる。

「あぁ……あ、うく……っ、うう」

俐香は堪えようもなく、一気に上り詰めた。

解放の煽りで、中に咥えた指をぎゅっと締めつける。そうして、珀龍の口中に、思うさま欲望を吐き出した。

「ひ、っく……ぅう」

珀龍は一滴も残さないといった勢いで、俐香の精をのみ込む。

すべてを出しきって、俐香はしばし呆然となっていた。

正気に戻ったのは、珀龍の口と指が離されてからのことだ。

高貴な人を穢してしまった。

その恐ろしさで俐香はぶるぶる震えた。広げられていた足を閉じても、震えが止まらない。

珀龍はなんでもないように、手の甲で口を拭い、にやりと笑ってみせる。

「俐香、今日はこれで許してやる。だが……」

言葉を切った珀龍に、俐香は不安でいっぱいの眼差しを向けた。

珀龍はゆっくりと、彫りの深い端整な顔を近づけてくる。頬をなぞるように手が添えられ、珀龍は俐香の耳に唇を寄せた。

「次からは、勝手に粗相することは許さん。……いいな?」

そっと囁かれて、俐香はびくりとなった。

珀龍は、ついでだとでもいうように、俐香の耳朶《じだ》を舌で舐める。

俐香は思わず首をすくめた。

「俐香……俺がすべて教えてやる。おまえはいい男妓になりそうだ」

「……っ」

俐香はぎゅっと両目を閉じた。

珀龍はそれきりで離れていくが、恐ろしさはいっこうになくならなかった。

自分は皇帝への貢ぎ物にされる。
男妓としての教育を請け負ったのは、この妓楼の人間ではなく、珀龍自身だ。
俐香には何よりも、それが耐えられなかった。
今まで知らなかった淫らさを引き出され、珀龍の口を穢してしまった。
なのに、この恐ろしい行為は、これからも続くというのだ。

四

死ぬに死ねない——。

囚われの身となって妓楼に送られ、これからどうすればいいのか……。

俐香はだるい身体に鞭打つように半身を起こしつつ、必死に考えていた。

昨夜、珀龍に強制された淫らな行為で、まだ身体の芯に熱がこもっているようだった。

高貴な身分でありながら、あんなことまでするとは、信じられない。

珀龍の手で無理やり極めさせられて、しかも高貴な口に欲望を吐き出してしまった。

「あのようなこと……っ」

俐香は呻くように言いつつ、かぶりを振った。

無理やりだった。それでも上り詰めた時の、圧倒的な快感の余韻が残っている。

自分がどれほど淫らな性だったかを思い知らされたようで、たまらなかった。

ともあれ、妓楼での俐香の立場は、かなり特別なものになっていた。

牡丹、桃花、桂花の三人の他にも、雑用をこなす男衆が何人も出入りする。そのくせ、俐香自身は、この部屋から出ることを禁じられているのだ。

妓楼が活気づくのは宵の口からとのことだ。男妓たちが起き出してくるのは、昼を過ぎた頃。それからゆるゆると身支度を整え、客を迎える準備に入るらしい。

俐香が牡丹、桃花、桂花の手で湯浴みをさせられたのも、ずいぶんと遅い時刻になってからだった。

湯浴みを終えて身支度を整えると、牡丹が遠慮がちに頼んでくる。

「俐香様、私に琴を教えてくださいませ」

「私には琵琶を」

「ぼくは笛がいいな」

桃花と桂花も負けじと擦り寄ってくる。

あでやかな衣装を身につけた三人が、俐香を兄か姉のように慕う様は、花盛りの庭を眺めているかのように華やかだった。

囚われの身となった以上、しばらくの間はここで生きていかねばならない。

これからどうなるか、どうすればいいかを考えるには、まだ情報が少なすぎる。とにかく先のことを考えるのはあとまわしにして、まずはここの者たちと仲よくしておくことだろう。何かあった時、力を貸してくれるかもしれないのだから。

それになんの邪心もなさそうに懐いてくる三人は、素直に可愛いと思う。

「それでは順番にやってみましょう。今日は琴、明日は琵琶を、次の日に笛ということで、よいですか？」

俐香がそう提案すると、三人はうっとりと頬を上気させる。

「本当に、俐香様はなんでもおできになるんですね」

「すごいなぁ」

「こんなにおきれいで、しかも芸事もこなされるなんて」

口々に褒めそやされて、俐香は内心で嘆息した。

身につけた技は、すべて養父の命で覚えさせられたものだ。

——武芸が駄目なら他の技を磨け。きっとそなたの役に立つ日がくる。

養父は口癖のように言いながら、俐香に芸事を覚えさせた。それが、思いがけず、こんな場所で役に立とうとは皮肉な結果だ。

けれども三人の子供たちは素直に慕ってくれる。だから俐香も、徐々に熱を入れて、琴の弾き方を教え始めていた。

妓楼には楽器が山ほど用意されているとのことで、俐香は三人を横一列に並べ、後ろから丁寧に手を直してやった。

だが、しばらくして、牡丹が突然、腹に手を当てて苦しみ出した。

「うぅ……、あう……ふ、くぅ」

「どうしたのだ、急に？　どこか苦しいのか？」

きれいな顔を歪め、額から汗を噴き出した牡丹を、俐香は慌てて抱き起こした。

すると、牡丹は白い喉を仰け反らせて、熱い息を吐く。

「牡丹、大丈夫か？　桃花、桂花……急いで誰かに知らせてきてくれ」

俐香は牡丹を抱きかかえつつ、焦り気味に頼んだ。

ところが歳下のふたりは、うんざりしたように肩をすくめるだけだった。

仲のいい友が苦しんでいるのに、どうしてこんな冷たい態度を？

信じられずに俐香が眉をひそめた時、桃花が、はあっと盛大にため息をつきながら、牡丹を批難するようなことを言い出した。

「駄目じゃないか、牡丹。もうすぐお披露目だっていうのに、それぐらい我慢しないと、あとで青蝶様にお仕置きされるよ？」

「いや……っ、や、だ……」

牡丹はお仕置きという言葉に反応し、懸命に首を左右に振る。

「桃花、どういうことだ？　説明してほしい。牡丹は病気ではないのか？」

「違いますよ、俐香様。牡丹はもう水揚げの日が決まってるんです。だから最後の仕上げをしている最中で」

「最後の仕上げ？」

「そう、最後の仕上げだから、一番大きな張り型を咥えてるの。前も縛ってるから、我慢できなくなっただけ。俐香様が心配なさるようなことじゃないんです」

淡々と説明した桃花に、俐香は首を傾げた。

牡丹が病気ではないこと。それになんらかの訓練中であることは理解できたが、具体的に何がどうなっているのかは想像がつかない。

「でも、牡丹がこんなになっちゃったら、もう琴の稽古はできないね。桂花、ひとりで琴を全部、片付けられる？　私は牡丹を下まで連れてくから」

「うん、大丈夫だよ、桃花」

桂花の返事を聞いた桃花は、ぐったりしている牡丹に肩を貸して立ち上がらせる。桂花もてきぱきと琴を片付け始めていた。

そして、何がなんだかわからず呆然としている俐香を残し、三人は引き揚げていったのだ。

それからしばらくして、部屋を訪れたのは、青蝶だった。

「湯浴みをもう一度、なさいませ。あの三人は手が空いておりませんので、私が介添えいたします」

妓楼の主の言葉とともに、昨夜と同じように次の間に湯船が用意される。

俐香は青蝶の前で肌をさらす羞恥に耐えながら、素直に二回目の湯浴みを行った。

初回は前夜の汚れを清めるため。今の湯浴みは、肌を磨くためらしく、お湯にはいい匂いの香油が落とされていた。

湯浴みが終わると、青蝶の手で着物を着せられる。

昨夜身につけていた衣も、なまめかしかった。しかし、今着せられたのは、さらに上をいくしろものだった。

基本は純白の襦裙なのだが、上部が完全に透けており、高い位置で帯を締めたあと、共布で作られた、白い牡丹の花を帯の上に飾る。披帛《ひはく》も薄く透ける絹だ。

黒髪は頭頂部ですっきりとひとつに結ばれ、そこにも絹で拵えた花が飾られる。結んだ髪は垂らしたままで、首筋が完全に剝き出しになって心許なかった。

「さすがにおきれいですね」

青蝶は、仕上がり具合に満足を覚えたように、やわらかな笑みを浮かべる。

玲瓏《れいろう》とした美しさを持つ青蝶から褒められると、なんとなく複雑な気分だった。

「あの、もしかして……今宵もお見えになるのでしょうか？」

誰が、とは訊けなかった。

「あなた様の調教が終わるまで、時間の許す限り、こちらへ来られるそうです」

青蝶の言葉を聞いて、俐香は目眩がしそうだった。

調教という容赦のない言葉が胸を抉《えぐ》る。それに、珀龍が自らその調教を行おうとしていることも、いまだに信じられない。

「……お忙しいはずなのに、どうして……」

「そうですね。私たちにお任せくだされば、よいのですが……私たちが直接あなた様に触れることは許さないと仰せなのです」

「それじゃ、私はなんのためにこの妓楼へ?」

珀龍の行動が信じられず、俐香は我知らず青蝶に詰め寄った。

「その答えは、珀龍様の胸の内だけにあること。私にとって、あなたをここに棲まわせるのは、単なる取引です。あなたは、うちで預かる男妓のひとりですが、当分の間は、他の者のように客を取る必要はありません。あなたの調教は珀龍様が行われる。あなたは珀龍様がおっしゃることだけを聞いていればよいのです」

青蝶はなんの感情もこもらない声で説明する。

だが、話を聞いても、まだ俐香にはわからなかった。

いずれ主上に献上する。

そう言われていたが、それにしても手が込みすぎている気がした。

†

その夜、遅くなって、珀龍は再び星青楼を訪れた。

昨夜と同じく、供の者は階下で待機しているらしく、階上の俐香の居室に上ってきたのは、珀龍ひとりだった。後ろから付き添ってきたのは青蝶だ。

「珀龍様、それでは、こちらをお使いくださいませ」

閨まで従ってきた青蝶は、螺鈿細工が施された大きな箱を、卓子の上に置く。そして、丁寧に一礼して、部屋から出ていった。

今夜は宴《うたげ》の準備さえなかった。いきなり閨での対面だ。

「俐香、さすがに色香が匂い立つようだな」

「珀龍様……」

珀龍の前に立った俐香は、羞恥で頰を染めた。

珀龍が手を伸ばしてきたのは、透けている胸のあたりだ。

「胸を花で隠す。そういう趣向か……なるほどな」

「………」

揶揄するように言われても、俐香は俯いているしかない。

珀龍はそれが気に入らなかったらしく、くいっと俐香の顎をつかんできた。

「今日はおまえを徹底して仕込んでやる。寝台へ行け」

冷ややかに命じられ、俐香はのろのろと寝台に向かった。

「寝台の上に座って、着ているものを脱げ」

珀龍の命令は容赦ない。

肌をさらすのは恥ずかしくてたまらなかったが、俐香はこれにも素直に従った。

横座りになり、帯から披帛を抜き取って、次に帯の花飾りに手をかけた」

だが、そこで珀龍が口を出してくる。

「待て。せっかくの花だ。それはまだ残しておけ。先に尻を出せ」

「……っ」

いきなり屈辱的な命令を受け、俐香はくっと唇を噛みしめた。

「どうした？　裙を脱げ。他も全部取って、尻をこちらへ向けるんだ」

珀龍は寝台の端に腰を下ろし、さらに容赦ない命を下す。

逆らうことはできなかった。でも、自分の手で下肢をさらす勇気もない。

「いつまで愚図愚図している？　それとも、俺の手を煩わせるつもりか？」

「……やり、ます……」

俐香は仕方なく帯をゆるめた。そして、帯で留められていた裙を引っ張る。

やわらかな布を取り去ったあと、肌着にも手をかけて同じように脱いでいく。

上に透けた襦をつけているが、下肢はすべて剝き出し。

とても正視に耐えない淫らな格好だ。

「やっと素直になったか。では、さっそく準備を始めるとしよう。まずはこれだ。自分の指で尻の穴に塗り込めろ」

「！」

珀龍が寝台の上に投げて寄こしたのは、二枚貝の貝殻だった。中には固めた香油が収められている。

けれど、自分の指でこの香油を尻に塗るなど、できようはずもない。

俐香は縋るように珀龍を見つめ、ふるふると激しくかぶりを振った。

しかし珀龍は、皮肉げに口元をゆるめて命じる。

「できないのか？　やり方がわからないなら、教えてやろう。そこで四つん這いになれ」

「いや」

「早くしろ。こうだ」

珀龍はさっと両手を伸ばし、俐香の腰をつかんで俯せにした。

「もっと足を開け。そうじゃないと尻を弄れない」

そんな淫らな格好になれとはひどすぎる。できるはずもなかった。

それなのに珀龍は、またしても好きなように俐香の体勢を変えてしまう。

「いちいち面倒な奴だ。そら右手の指で香油をすくえ」

言葉と同時に、右手をつかまれ、無理やり貝殻の中の香油をすくい取らされる。

人肌に触れただけで、固まっていた香油がやわらかくなった。

「さあ、左手も後ろに回せ。中に指を入れやすいように、左手で尻の穴を広げるんだ」

「いや……っ」

俐香はたまらずに首を振った。

だが珀龍が許してくれるはずもなく、左手を尻に導かれてしまう。

自分の手なのに、自由にはできなかった。珀龍の思うままに、左手で尻の穴を剝き出しにするように広げられ、香油をすくった指を中に入れさせられる。

「や、あ……っ」

自分の指で後孔を犯されていく感覚は異様だった。

香油のせいで滑りがよく、根元まで人指し指を埋め込まれてしまう。

珀龍が手を離してくれないので、体勢は変えられなかった。

「香油をまんべんなく塗りつけるように、指を回せ」

「でき、ません」

「やるんだ」

珀龍はつかんだ俐香の手を無理やり動かし、中に入れた指を回させる。

「いや、あぁ……あぁ」

俐香は切れ切れに悲鳴を上げながら、自身の指で後孔を犯した。

熱い壁が細い指を圧迫する。

今まで経験したことのない感触に、俐香はびくりとすくんだ。

なのに珀龍は、さらにあやしげな動きを強いる。いったん奥まで挿し込んだ指を抜かれ、全部出てしまう前にまた奥まで入れさせられた。

「どうだ、調子は？　いつまでも俺にやらせてないで、自分で指を動かせ」

「やっ、……こ、こんなの……あ、くっ」

香油のせいで、指は難なく狭い筒の中を行き来した。

指で擦られるたびに、壁が熱くなっていく。これも香油の効果なのか、最初はきつかった場所が、徐々に蕩《とろ》けていく。

その状態を自分の指で直に感じさせられて、俐香は恐慌を来《きた》しそうだった。

「そろそろ、指を二本に増やしてみろ」

俐香の手をつかんだ珀龍が、恐ろしいことを言う。

「む、無理……っ」

俐香は懸命に首を振ったが、許されるはずもなかった。

「さあ、こうやるんだ」

いったん外に指を出され、次には二本揃えた状態で、再び中に入れさせられる。

「や、あ、……くぅ……うぅ」

圧迫が強くなり、俐香は呻き声を上げた。

だが、揃えた指は案外簡単に奥まで入っていく。

「自分の指を咥えて、すっかり気持ちよくなったようだな」

思わぬことを言われ、俐香ははっとなった。

珀龍が背後から耳に口を近づけてくる。

そして珀龍の手が前に回され、剝き出しだった花芯をするりとなぞられた。

「ああっ」

強い刺激を受け、俐香は思わず高い声を上げた。

「そら、蜜もたっぷり溢れている」

耳元で甘く囁きながら、珀龍が先端に触れてくる。

指で窪みを押され、俐香はぶるりと腰を震わせた。

「やっ……」

「何がいやだ？　おまえは自分の指を咥えてこうなったんだ。さあ、出し入れするだけじゃなく、もっと気持ちがよくなる場所を見つけてみろ」

「いや、……っ」

俐香は懸命に拒絶したが、珀龍の手で握られた場所は、いつの間にか熱くなっている。

それに珀龍に花芯を弄られただけで、後孔がきゅっと締まるのも、直接感じさせられて、俐香はどうしていいかわからなかった。

後孔に無理やり指を入れさせられただけで、こんなふうになってしまうなど、自分の淫らさが信じられない。

それでも、珀龍に指の動きを強要されると、間違えようのない快感が走り、さらに花芯が熱くなった。

「自分で尻を弄くって蜜を垂らすとは、なかなか淫らでいいぞ。おまえは筋がいいのかもしれんな」

揶揄するように言われ、俐香は屈辱で震えた。

無理やりやらされていることとはいえ、自分の身体を自分で制御できない惨めさも募ってくる。

「どうしてこんなこと……っ、いっそのこと……」

「いっそのこと、なんだ？　言いたいことがあるなら言ってみろ。俺は逃げ道を与えてやったはず。すべて自分で選び取った結果だろう」

「私は……」

「俐香、こっちを見ろ」

言葉と同時に顎をつかまれ、無理やり振り向かされる。

珀龍の端整な顔が間近にあって、俐香は我知らず頬を染めた。

視線が合うと、よけいに今の屈辱的な格好が気になってしまう。自分の指を後孔に含まされ、張りつめた花芯から蜜を滴《したた》らせているのだ。

「俐香、今一度、考え直す機会をやってもいいぞ。耿宋迅、桂迅親子の潜伏先に心当たりがあるだろう。おまえが知っていることを洗いざらい明かせ。そうすれば、おまえの扱い、少しは手加減してやってもいいぞ」

珀龍はふいに真面目な顔になって問うてくる。

機会を与えてくれるのは、珀龍なりの優しさなのかもしれない。でも、呈示された条件はのめない。自分が今あるのは、すべて養父のお陰だ。だから、養父を裏切るようなことはできなかった。

「養父がどこにいるかは……存じません」

か細い声で答えると、珀龍は一瞬、悲しげな目になる。

そして、ふっとひとつ息を吐き、再び皮肉げな笑みを浮かべた。

「俐香、あくまで知らぬと言い張るなら、決めたとおりにするまでだ」

珀龍はそう言い捨てて、俐香から身を退く。

無体なことを強いていた珀龍の手が離れ、俐香は急いで後孔から指を抜いた。

「くっ……うぅ」

だが、ほっとする暇もなく、珀龍が寝台の上に螺鈿細工の箱を置く。厚みはあまりないが、珀龍の肩幅と同じぐらいの大きさがあった。

「これは、おまえの訓練のために、青蝶に命じて新しく用意させたものだ」

珀龍はそう言いながら箱を開けた。

中に並べられたものを見て、俐香はさっと青ざめた。

「星青楼は都で一、二を争う妓楼と言われるだけあって、訓練用の道具も凝っているな。なるほど……これが初心者用。こっちは上級者用というわけか」

感心したように言いつつ、珀龍が中の物体を指さす。

天鵞絨《ビロード》が張られた中に並んでいたのは、男性器を模したと思われる物体だった。

桃花が口にしていた張り型という言葉が浮かぶ。

「まさか……」

俐香はそう呟いたきり、言葉も出てこなかった。

しかし珀龍は、冷たく俐香を見据えて、恐ろしいことを言い出す。

「俐香、好きなものを選んで、自分で尻に入れろ」

「いやだ、そんな……っ」

俐香は信じられずに、必死に首を振った。

男性器を模した張り型は全部で十ほど並んでいた。大きさも形も様々だった。小ぶりなもの、腕と同じぐらいに恐ろしく巨大なもの、表面にびっしりと歪な瘤《こぶ》がついたもの……。

俐香はちらりと目にしただけで怖じ気《おけ》づいた。

「どうした、俐香？　おまえが選べぬなら、俺が選ぶぞ。小さいものから順番に馴らしていくのが正道だろうが、時間をかけるのは面倒だ。俐香、これだ。少し大きめだが、香油を使えばなんとか入るだろう」

珀龍が手にしたのは、大きな象牙《ぞうげ》の張り型だった。歪な瘤はついていないが、鰓《えら》がしっかりと張っている。

「……っ」

俐香は自分自身を抱きしめ、小刻みに震えるだけだった。

あんな大きなものが、体内に入るとは思えない。先ほど自分の指で確かめさせられたから、どれほど窮屈かは知っている。あんなものを入れられたら、きっと壊れてしまうだろう。

「震えているのか、俐香?」

珀龍はすっと手を伸ばして、俐香を抱き寄せる。

「や、やめてください。そんなこと、しなくても……私は……わ、私を……」

無理やり犯せばいい。

どうせ壊れるなら、おかしな道具ではなく、珀龍自身に壊されたい。

俐香はそう言いたかったのだが、珀龍の反応は冷ややかだった。

「勘違いするな、俐香。おまえにはもう拒否する権利はない。何度も機会をやったのに、選ばなかったのはおまえ自身だ。この張り型はおまえを調教する第一歩。男を咥えるのに、いちいち手間をかけさせては、男妓失格だろう。男の快楽のために奉仕するのがおまえの役目。いつでも男を迎え入れられるように、これを使って慣れさせる。それだけのことだ」

「で、でも……それは、あまりに大きくて……む、無理……です」

「無理かどうか、試してみないことにはわからんだろう」

珀龍は嘲るように言いながら、俐香の頬に張り型を擦りつけた。

「いや……っ」

俐香は思わず顔をそむけた。

「おまえが選べないと言うから、これにしてやったのだ」

「お、お許しを……」

「それなら、どれにする？　自分で決めろ」

珀龍はあくまで冷淡で取りつく島がない。

「……ち、小さい……のを……」

俐香は泣きそうになりながら答えた。

「ふん、我が儘な奴だ」

珀龍はそう吐き捨てて、張り型を投げ捨てる。そうして再び別の張り型を取り上げた。

先ほどのものよりは小さいが、それでも俐香を怖じ気づかせるには充分だった。

「自分で入れろ」

珀龍に張り型を押しつけられて、俐香は激しく首を振った。

「む、無理です……っ」

「俺にやらせるつもりなら、それ相応の頼み方があるだろう。これはおまえの訓練だぞ。どうぞ、入れてください。お願いします。ぐらい、言えないのか?」

珀龍は、あくまで俐香のためにという建前で、事を進めている。

たびたび出てきた訓練とか調教という言葉は、さらに俐香の惨めさを煽った。それでも、自分自身の手では、できそうもない。

「……お、願い……します……っ」

俐香は涙を滲ませながら、口にした。

珀龍は顔色ひとつ変えずに次の命令をくだす。

「四つん這いになれ」

もう拒否することもできず、俐香はのろのろと命令に従った。

「もっと尻を高く差し出せ。それから両手で孔を広げてろ」

珀龍に向けて、剝き出しの双丘をさらすのは、死ぬほど恥ずかしかった。

それでも、命令には逆らえない。俐香は屈辱に唇を嚙みしめながら、腰を高く差し出した。

両手を後ろに回し、自分で尻の肉をつかんで左右に広げる。

「く……っ、うぅ」

涙がとめどなくこぼれたが、泣き叫ぶような真似だけはしない。それが最後に残った意地だった。

琯龍は張り型にたっぷり香油を塗りつけ、それを俐香の後孔に宛てがってくる。

「……っ」

ひんやりした感触に、俐香は息をのんだ。

「楽にしてろ」

冷淡な声とともに、ぐいっと張り型を押しつけられる。

「あ……あぁ、くっ……うぅ」

狭い場所を無理やり広げ、容赦もなく固い物体がこじ入れられた。

琯龍はさすがに加減しているのか、少し進めては張り型を引き、俐香の呼吸を測るように、再び奥まで押し込んでくる。

「力を抜け」

「くっ、……うぅ、……っ」

俐香は必死に胸を喘《あえ》がせた。

だが身体は緊張で強ばり、張り型も途中で進まなくなってしまう。

琯龍は舌打ちすると、さらにひどい暴挙に出た。

「余分な力を入れるな」

琯龍は苛立たしげに言ったかと思うと、ぴしゃりと俐香の尻を叩く。

「ひっ！　……く、ふっ……ぅぅ」

俐香はびくんと震え、その反動で張り型をより深く咥え込む。

「そうだ。そうやって、奥まで迎え入れるんだ」

「や、……あ、うぅ」

大きなもので犯される感覚に、俐香は呻き声を上げた。

だが珀龍は、張り型を最後まで押し込んでしまう。

「よし、入ったな」

珀龍はそう言いながら、俯せだった俐香を抱き上げ、自分の胸に寄りかからせた。

大きく動かされたせいで、中の異物が敏感な壁を擦る。

「やっ、あぁ……っ」

「さっそく感じたのか?」

後ろから俐香を抱いた珀龍が、おかしげに言う。

俐香は懸命に首を振ったが、珀龍が注視していたのは、思いもかけない場所だった。

すっと手を伸ばされ、花芯をすくわれる。

「や、あっ」

きゅっと握られたとたん、強い快感が身体中を走り抜けた。

それと同時に、中の異物をぎゅっと締めつけてしまう。

「いやだというわりには、ここは素直なものだ」

笑いを含んだ声で言われ、俐香は泣きそうになった。

珀龍がやわやわと刺激するせいで、花芯が再び張りつめていた。直に愛撫されてはたまらない。珀龍の手淫は巧みで、たちまち先端から蜜まで溢れてくる。

「あっ、あ、あっ」

俐香は狭間を異物で犯されていることも忘れ、淫らに腰を振った。

珀龍は俐香の様子を見ながら、愛撫を加減する。張りつめて、今にも達しそうになるまで追い込んだあとで、さっと手を離してしまう。

経験の浅い俐香は、珀龍の手管に翻弄されるだけだった。

「さて、おまえを悦ばせるだけでは、訓練にならん。達くのは、後ろに咥える悦びを知ってからだ」

愛撫を止めた珀龍はそんなことを言いながら、俐香の髪に手をやった。髪飾りが外され、次には結わえていた紐が解かれる。

「な、何を……？」

髪を解かれた俐香は、不安を感じて問い返した。

珀龍は俐香の背中から両手を回し、紐を見せつける。

「これで、縛ってやる」

何を言われたのか、わからなかった。

しかし次の瞬間、淫らに張りつめていた花芯の根元に、その紐が巻きつけられてしまう。

「やっ、何を？　やめて、ください……っ」

俐香は腰をよじって避けようとしたが、もうすべては遅かった。

「簡単に達けないようにしてやっただけだ」

俐香は紺色の紐で縛られた花芯を、呆然と見下ろした。

珀龍はそれすら許さず、俐香の身体を斜めに倒す。

「尻の調教がまだだ。今日は仕方ない。俺が弄ってやろう」

「や、何？　や、ああっ、だ、駄目……っ」

珀龍は左腕だけで俐香を抱き、空いた右の手で張り型を動かし始める。

深く収めたものを無理やり引き抜かれ、俐香はびくんと仰け反った。なのに、珀龍は抜いた張り型をすぐさま奥まで戻してしまう。

「やあ……っ、ああっ」

ぬちゅりといやらしい音をさせながら、張り型の抽送が始まった。

内壁を激しく擦られるたびに、身体中がびくびく震える。狭い場所を掻き回されて、敏感な襞が引きつれた。奥で太い先端を回されると、一気に体温が上昇する。

「ああっ、……も、許して……くださ、いっ、いやっ……ああっ」

昨夜も指で後孔を犯された。太い張り型は、指とは比べものにならない圧迫を伴う。目一杯広げさせられた蕾で、好き勝手に動かされるとたまらなかった。

俐香は必死に逃げ出そうとしたが、珀龍の腕はゆるまない。

「俐香、どうだ？　後孔を犯される気分は？　おまえはここで達くんだ。俺が探してやろう。おまえが一番感じる場所を」

珀龍は掠れた声で言い、何かを探すように後孔の張り型を動かす。

太い先端で、くいっくいっと壁を探られた。

そして、偶然触れられた一箇所で、とてつもなく強い刺激が生まれる。

「や、っ……ああっ！」

俐香は鋭い悲鳴を上げた。

すると珀龍は、その場所ばかり連続して擦ってくる。

「ここだな、俐香……ずいぶんと嬉しげだ」

「やあっ、そこ、駄目……っ、いやっ……ああ……っ」

何が起きたのかわからなかった。

でも、そこを攻められると、身体中が沸騰したように熱くなる。頭から爪先まで一気に強い刺激が走り抜ける。

その場所は何故か欲望と直結していた。一気に噴き上げてしまいそうになったが、花芯には紺色の紐が巻きついている。

「いや……っ、ああっ、……いや、あ――っ」

俐香は痙攣《けいれん》を起こしたように身体中を震わせた。

「見つけたぞ。ここだな、おまえの弱みは……いくらでも弄ってやるから、もっと淫らな顔を見せてみろ。おまえが悶《もだ》えてみせれば、相手も悦ぶ」

珀龍はそううそぶいて、いいように俐香の後孔を掻き回す。

「やっ、紐、取って……紐……達き、たい……っ」

「もっと辛抱しろ」

「やあ、……、も、達く……っ、許して……っ」

俐香はがくがく身体を震わせながら懇願した。

あろうことか、後孔などに、こんなに感じてしまう場所があるとは思わなかった。

欲望が堰《せ》き止められて、頭が真っ白になっていく。

もう駄目だと思った瞬間、巻きついていた紐がしゅるりと解かれる。

「達け、俐香」

「あ、ああぁ……くうぅっ………」

俐香は弱々しく悲鳴を上げながら、欲望を噴き出した。

達した反動で、中の張り型を思いきり締めつけてしまう。それがまた刺激となって、たまらなかった。

白濁を撒き散らしたあと、がっくりと身体の力が抜ける。

「これが第一歩だ。男のものを咥えて達けるようになるまで、張り型を徐々に大きくしていけばいい」

珀龍の不吉な呟きは、遠くから聞こえた。

五

「俐香《りこう》様、お顔の色が優れないようですけど、大丈夫ですか?」

いつもどおりに、俐香の身支度を手伝いに来た桃花《とうか》が、心配げに訊ねてくる。

「大丈夫……なんともないから……」

俐香は弱々しく答えつつも、無理に微笑を浮かべた。

妓楼に連れてこられて、早十日ほどが経っていた。そして毎夜のように訪れる珀龍《はくりよう》に、徹底して性技を教え込まれている。

珀龍は決して自分から手を出してくるようなことはない。

いずれは主上に献上するゆえ、男を悦ばせる技を教えるだけだと——。

しかし俐香にとっては、それが逆に心を塞ぐ原因となっていたのだ。

妓楼という今まで知らなかった世界で、男妓になるための訓練を受けている。

ほんの少し前まで、耿《こう》家の屋敷で安穏と暮らしていたのが嘘のようだ。

そして、養父と兄がどうなったのか、俐香には知るすべがなかった。

素直に珀龍に従っていれば、いずれ俐香の話に耳を貸してくれるかもしれない。それに、何かの拍子に隠された真実が明るみに出て、養父の無実が……完全に無実であるとは言えないが、少なくとも何か理由があって、珀龍兄弟を裏切らざるを得なかったのだと、わかる日がくるかもしれない。

そう夢想することだけが、俐香にとっての希望だった。

「俐香様のところにお見えになるお客様……本当に素敵な方ですよね？」

「素敵な方？　そなたにはそう見えるのか……」

俐香がそう訊ね返すと、桃花はぱっと顔を輝かせた。

「もちろんですよ！　あんなに若くて素敵な殿方がお相手だなんて……それも、俐香様はあのお方のお相手だけでしょう？　ほんとはこんなこと言っちゃいけないんだけど、俐香様が羨ましいです」

「私が羨ましいか……」

着替えの介添えをしながら、興奮気味に話す桃花に、俐香はため息をついた。

「またそんな憂《うれ》い顔をなさって……少しの辛抱ですよ？　珀龍様、今日もきっと来てくださいますからね」

桃花は完全に勘違いをしている。

それに珀龍という名前は知っていても、皇弟であるとまでは知らないのだろう。

だが俐香には、それより気になったことがあった。

「昨日から牡丹の姿が見えないが、どうかしたのか？」

「あ、牡丹《ぼたん》は今宵がお披露目なんです。一人前の男妓としての初顔見せですから、昨日からずっとその支度にかかってるんですよ?」

「牡丹が……」

俐香はそれきり言葉が出てこなかった。

一人前の男妓として披露されるということは、これからは毎夜、客を取ることになるのだろう。あんなに若く可憐な牡丹が、誰ともわからぬ男に抱かれる。想像しただけで、背筋がぞっとした。

桃花は同輩の出世を喜んでいるようだが、俐香は暗い気持ちになった。けれども、その後、星青楼の主から命じられ、俐香自身も牡丹のお披露目に同席することになったのだ。

星青楼《せいせいろう》の最上階が棲み処だった俐香は、この日初めて緋毛氈の敷かれた階段を下りた。

星青楼は下へ行くほど広くなり、四層の大広間に宴席が用意されていた。

純白と空色の襦裙《じゆくん》に、銀糸の豪奢な衫《さん》を羽織り、広く空いた胸元には玉を繋げた首飾り。黒髪は部分的に結い上げて花を模した飾りをつけ、残りは背中に垂らしている。

精緻に整った白い面には、凛とした気品がある。俐香の美しさは、桃花や桂花《けいか》だけではなく、宴席に侍《はべ》った者すべてのため息を誘った。

着飾った姿を人目にさらすことが恥ずかしい。まして自分は男妓なのだ。

そして俐香だけではなく、もうひとり浮かない顔をした者がいた。

今宵の主役である牡丹だ。花の名前のとおり、鮮やかな色合いの晴れ着をまとった牡丹は、白髪の老人の隣に座していた。宴席の上座にいるということは、その老人が牡丹の水揚げの相手なのかもしれない。

あのように老いた者に……。

ちらりと様子を窺《うかが》った俐香は、牡丹の身を案じてますます気が滅入ってきた。

「さあ、俐香殿。今宵は牡丹の晴れの舞台。あの子が舞を披露しますから、一緒に楽を奏でてやってください」

青蝶《せいちょう》にそっと耳打ちされ、俐香は頷いた。

牡丹を含めた三人と合奏することが、事前に決まっていた。

琴と琵琶、笛、羯鼓《かっこ》などの楽器が持ち出され、桃花が琴、桂花が羯鼓、俐香は琵琶と歌を担当し、青蝶が笛を奏でることとなった。

牡丹の披露目の宴なので、咲き誇る牡丹の花を謳《うた》った曲を奏でる。やわらかく、どことなく物悲しい調べに乗せて、牡丹が見事な舞を舞った。

宴席に連なっている客は他にも大勢いる。総勢で五十はいようかという客の前には、それぞれ膳が用意され、客と同じ数の着飾った男妓たちが酒の酌をしていた。

主客である老人は白い髭を生やし、牡丹の舞を、満足そうに目を細めて眺めていた。

人のよさそうな笑みを浮かべた老人は、一見すると、裕福な商人といった感じだ。しかし、老人の背後には、数人の屈強な男たちが控えている。その者たちは酒を飲むでもなく、ただ老人の警護だけを引き受けている感じで、それぞれが名のある武人のような雰囲気を醸《かも》し出していた。

俐香は琵琶を奏でながら、さらに老人の様子を観察した。

最初は商人だと思ったが、もしかするともっと高い身分を有する者かもしれない。何故なら、老人のふとした仕草に品があって、養父を思い出させたからだ。

舞が終わると広間中から賞賛の拍手が贈られる。牡丹の舞も美しかったが、楽を奏でていた者たちを熱のある目で見つめている客も多い。

中でもひときわ視線を集めたのは、俐香と、妓楼の主だった。

牡丹は楚々《そそ》とした仕草で、老人の隣に戻る。

そして、琵琶を抱えていた俐香に、その老人から、ふいに声がかけられた。

「牡丹、可愛らしかったぞ。そして、そこの琵琶の者。そなたじゃな。星青楼始まって以来の佳人だというのは」

俐香はどきりとなったが、笛を手にした青蝶が、すっと前に出てくる。

「周公《しゅうこう》様、さっそくお目に留まりましたか。さあ、俐香殿。周公様のおそばへ」

青蝶にさりげなく前へと押し出され、俐香は仕方なく琵琶を桃花に預けて、老人の席に近づいた。

老人の右側に牡丹、俐香は左隣に座らされる。

「おお、近くで見ると、ますます美しいの……。こうして眺めておるだけでも、寿命が延びそうじゃ」

「俐香殿、周公様にお酌を」

青蝶に促され、俐香は金製の酒器を受け取った。

差し出された杯に酒を注ごうとすると、いきなり手を握られる。そして老人とは思えぬほどの強い力で手繰り寄せられた。

反動で、老人の膝に酒がこぼれてしまう。

「あっ、申し訳ありません。御酒がこぼれて」

俐香は慌てて身を退こうとしたが、それでも老人は手を離さない。

「よい。それより、もっとよく顔を見せてくれぬか」

老人の手から逃げ出せず、俐香はもたれかかるような格好になってしまう。そして、もう一方の手が頬にかかり、間近でじっと顔を見つめられた。

「なんと、天女のような……これはますます興が湧く。青蝶、金はいくらかかってもかまわん。なんとかならんか?」

いきなり青蝶に話が振られ、俐香はぎくりとなった。

この老人は自分を買おうとしている。

それがわかって、俐香は思わず背筋を震わせた。

「申し訳ございませぬ、周公様。俐香はまだ見習い中でございますので、どなたのお相手も務められませぬ」

「本当にそうか？　噂では、高貴なお方が夜な夜な通ってきているそうではないか」

周公は当て擦るように言う。

「そのような噂が、もうお耳に入りましたか……ですが、わかっておいでででしたら、今は俐香に相手をさせられぬことも、ご承知でございましょうに……」

やんわり断った青蝶に、周公はなおもたたみかける。

「本当になんとかならんのか？」

「申し訳ございませぬ。今はなんとも……。時をお待ちくださいませ」

時を待てとは、周公の希望を断る方便だろう。しかし、涸れた老人とは思えぬ、ぎらついた目で見られ、不安が募った。

「駄目だと言われると、よけいに欲しくなるもの。さて、味見ぐらいはさせてもらおうかの」

周公はそう言ったかと思うと、すばやく俐香を抱き寄せる。

あっと思った時には、萎びた手が胸元に滑り込んできた。

のだ。

「ああっ」

いきなり乳首をぎゅっと摘まれて、俐香は悲鳴を上げた。それほど容赦ない力で捻《ひね》られた

じんと痛む粒を、今度はやわやわと指の腹で撫でられる。

「や、やめて、ください……っ」

俐香は必死に身体をよじって、無体な狼藉《ろうぜき》から逃げ出した。

だが、周公はにやりと笑って、俐香の襦裙の裾をつかむ。裾から手を入れられそうになり、

俐香はすくみ上がった。

大勢の人目がある中でも、老人は平気で戯《たわむ》れてくる。

まわりの客たちも、興味深そうに、にやにや笑いながら顛末《てんまつ》を眺めているだけだ。

「周公様、もうその辺にしておいてくださいませ」

止めに入ってくれたのは青蝶だった。

「なんじゃ、これぐらいどうということもあるまいに」

「ですが、今宵、周公様の相手を務めさせていただくのは、牡丹でございます。お披露目だ

というのに、他の者に目を向けられては、牡丹の立場がございません」

やんわり窘められて、周公は渋々といった感じで俐香から手を引いた。

「さあ、俐香殿。あなたはもうそろそろ部屋に帰る刻限です」

「承知しました」

青蝶に促され、俐香はこれ幸いとばかりに立ち上がった。

宴席から立ち去る時に、ちらりと牡丹の様子を窺うと、縋るように見つめられる。

きっと心細くてたまらないのだろう。それに、今宵牡丹を初めて抱くのがあの老人だ。

——あんなに素敵な方がお相手で、俐香様が羨ましい。

桃花が漏らした言葉が頭に浮かぶ。

牡丹を助けてやりたくても、今の俐香にはなんの力もない。

許して、牡丹……。

俐香は心の中で謝りながら、広間の出口に向かうしかなかった。

ゆるゆる足を運ぶ俐香に、五十に及ぶ客たちがいっせいにため息を漏らす。

「おお、あの美しさ……一生に一度でいいから、相手を願いたいものだ」

「ああ、俐香とやらを抱けるなら、身代を潰してもかまわんぞ」

「だが、我らには高嶺の花……あの俐香を抱ける者が心底羨ましい……」

俐香はそれらの囁きを耳にしながら、恥辱に震えた。

じろじろ遠慮のない目で見られるのは、自分が金で売り買いされる商品だからだ。

まとわりつく視線は、俐香を丸裸にしている。そして俐香が痴態《ちたい》をさらす様を想像しているのだ。

妓楼の男妓という立場であることを、いやというほど思い知らされて、俐香はぎりっと奥歯を嚙みしめた。

宴席からは再び楽の音が聞こえ始める。

それを後ろにしながら階段に向かうと、青蝶が珍しく慌てた様子で追いかけてくる。

「俐香殿、急いで戻ってください。珀龍様がお見えになったそうです。部屋でお待ちとのことですから」

「えっ、今宵はいらっしゃらないと……」

俐香が問い返すと、青蝶はふっとため息をつく。

「ご予定が変わられたようですね。小者の話では、お怒りになっておられるとか」

青蝶の言葉を聞いて、俐香は青ざめた。

「どうして、そんな……」

「とにかく、珀龍様のお怒りが解けるようにしてください。それが、あなたの役目です」

さらりと命じられて、俐香はゆるく首を振った。

珀龍の怒りを解くなどそう簡単なことではない。それに、自分が男妓であることを、いやというほど思い知らされたばかりだ。それで珀龍につき合うのは、正直なところ怖かった。

俐香は急いで階段を上った。

最上階に着くと、珀龍は若い男妓ふたりを相手に酒を飲んでいた。

「あ、俐香様……」

「お戻りになられましたよ」

ふたりの男妓は、牡丹の披露には呼ばれなかった者たちだ。着飾ってはいるものの、どことなく地味な印象があることは否めない。

「来たか、俐香。おまえたちはもういい。下がれ」

珀龍はにべもなく命じ、男妓たちはそそくさと席を立った。不機嫌な珀龍を持て余していたようで、擦れ違った時、俐香にほっとしたような顔を見せる。

俐香はひとつ息をついて、珀龍の隣へと進んだ。

「今宵はお見えにならぬのかと思っていました」

酒器を取って、珀龍が持つ銀杯に酒を注ぐ。

こういったことも、この妓楼で過ごしているうちに手慣れてきた。

珀龍はいつもどおりにすっきりとした上衣下裳姿だ。下の宴席にいた客は派手な衣装の者が多かったが、その誰よりも立派に見えた。

特に皺だらけのあの周公を思い出すと、珀龍に会えただけでほっとなる。

「下で披露があったそうだな」

「はい。牡丹のお披露目です……」

珀龍はゆったり構え、銀杯を口に運んでいる。だが機嫌の悪さがひしひしと伝わり、俐香は用心深く答えた。

「牡丹の水揚げは周公、だと聞いたが」

「はい……そのとおりです」

「おまえも呼ばれたのか？」

珀龍にじっと見据えられ、俐香は静かに頷いた。

すると珀龍は、何故か苛立たしげに目を眇《すが》める。

一瞬どきりとさせられた俐香は、我知らず訊ねた。

「あの、周公様のこと、ご存じなのですか？」

「何故、そんなことを訊く？」

冷ややかに返されて、俐香は思わず臆《おく》した。

不埒《ふらち》な真似をされた相手のことを珀龍に訊ねるなど、どうかしていた。それで珀龍の機嫌がさらに悪くなっては、元も子もない。

「牡丹、です。……ええ、牡丹のことが気になって……それで……」

俐香は慌てて言い繕った。

珀龍はぐいっと酒を呷《あお》り、銀杯を突き出す。

俐香は新たに酒を注ぎながら、珀龍の次の言葉を待った。

「おまえこそ、妓楼で周公に再会して、どう思ったのだ？」

「え？」

珀龍の問いはあまりにも予想外で、俐香は首を傾げた。まるで、自分があの老人を知っていて当然だと言わんばかりだ。

「どうした、俐香。訊ねたことに答えろ」

「お訊ねの意味がわかりません。あのお方とは初めてお会いしました」

ぽつりと答えると、珀龍はすっと眉根を寄せる。

「知らないはずがないだろう」

俐香は訳がわからず、首を左右に振った。

「私は存じません。本当に初めてお目にかかった方です。周公様とはいったい、どういうお方なのですか？」

「まさか……本当に知らないのか？」

珀龍は愕然《がくぜん》としたように呟く。

思いもかけぬ展開に、俐香はますます不審を覚えた。記憶を探っても、あの老人の顔には覚えがなかった。

「存じません」

「周公は、おまえの養父が司徒となる前に、その位にあった者だ。周公と宋迅は懇意にしていたはずだぞ」

「そんな……」

初めて聞く話に、俐香は驚きで目を見開いた。

耿家の屋敷には趣味人の養父を訪ねて、様々な客がやってきた。しかし、その中にもあの老人はいなかった。

けれども俐香は、そこでふと別の考えに囚われた。

もし、あの老人が養父の友だったとしたら、助けを求めることはできないだろうか？

養父の知り合いに、今のように惨めな姿をさらすのは恥ずかしかった。しかし、養父の苦境に手を差し伸べてもらえるなら、自分の恥などどうでもいい。

妓楼に囚われたままでは、養父のためにできることを見つけるのも難しい。あの周公という人物はこの妓楼の上客のようだった。だとすれば、これからも妓楼を訪れるはずだ。

「俐香、何を考えている？」

「あ、いいえ、何も……」

俐香はぎくりとなったが、珀龍はどんな些細なことも見逃さないといったように見据えてくる。

「嘘をつくな。おまえが考えそうなことはわかる。周公が宋迅と旧知だと聞いて、助けを求めようとでも思ったのだろう」

あっさりと見破られ、俐香は思わず視線をそらした。

けれども珀龍は、くいっと俐香の顎をつかみ、さらに鋭く見つめてくる。

「宋迅はおまえをいずれ、好き者の周公に与えるつもりだったに違いない。周公は若い男、それも、まだ子供と呼んだほうがいいほど若い子が好みだそうだ。今宵、牡丹の水揚げの権利を買い取ったのも、その趣味の表れだ。おまえが今まで手つかずだったとは驚いた話だが、宋迅の元にいれば、おまえは早晩周公に売られていただろうよ」

「そんな……養父がそんなひどいことをするはずが……っ」

信頼を裏切られた珀龍が、養父を憎むのは理解できる。でも、あまりにひどい中傷に、俐香は懸命に言い返した。

「周公は早くに隠居したが、裏ではまだあれやこれやと権力を握っているらしい。今のところ、周公が例の件に関わっていたという話は出ていない。だが、充分に考えられることだ。おまえの養父も、周公に助けを求めているかもしれんな」

珀龍は嘲るように言う。

俐香はもたらされた情報を、ひと言も聞き逃すまいと、必死に耳を傾けた。

あの老人にそんな権力があるなら、なんとしてでも縋りたい。

どうすれば、もう一度会えるだろう。幸か不幸か、周公は自分の身体に興味を持っていた。

青蝶にこっそり取り次ぎを頼めば、会う機会を作ってくれるだろうか。

「俐香、言っておくが、おまえは主上への捧げ物となる身だ。今のおまえは星青楼の男妓。

これからも宴席に侍る機会はあるだろうが、客の相手をすることだけは禁ずる。もっとも、兄上がおまえの身体を気に入られなかった場合は別だ。いくらでもここで客を取るがいい」

冷ややかに吐き捨てられて、俐香の胸には悲しみが満ちてきた。

今まで散々屈辱的に性技を教え込まれてきたが、それでも、俐香はどこかで安堵していたのだ。

牡丹はあの老人に抱かれることになるが、自分は違う。珀龍の相手さえしていればいい。他の者に抱かれる心配はないと、何故か安心しきっていた。

しかし、今の珀龍の言葉を聞いて、それが誤りだったことがわかった。

珀龍が手ずから性技を教えるのは、皇帝に捧げるため、仕方なしにしていること。俐香がしくじれば、もうあとがどうなろうと、かまわないのだ。

「とにかく、妙なことは考えるな。こっちへ来い。いつもどおり、始めるぞ」

珀龍は冷淡に告げて、立ち上がった。

俐香は乱暴に手を引かれ、閨へと連れていかれる。

今宵もまた、地獄の苦しみが始まるのだ。

憧れだった珀龍の目の前で、淫らな姿をさらす地獄が――。

†

部屋にはいくつも燈火《とうか》が灯されていた。

寝台を据えた奥の壁は、朱塗りの板戸を開けると、一面が鏡張りとなっている。その鏡に、燈火の光を受けた、白い肌をさらす俐香の姿が映し出されていた。

珀龍は寝台の端で胡座《あぐら》をかき、俐香の痴態を眺めている。

狭い秘処を己の手で広げるのが男妓の作法だと、何日もかけて徹底的に教えられてきた。

今日自分の手で後孔に入れさせられたのは、小さな玉を繋げた紐状の道具だった。それを四つん這いになり、指で広げた蕾にひとつずつ押し込んでいく。

玉ひとつは指の爪ほどの大きさだが、徐々に数が増えていくと、苦しくて仕方がなかった。

珀龍は手を出さず、嘲るように言うだけだ。

「そら、どうした？　もっと入るだろう」

「……う、くっ！」

俐香は涙を滲ませながら、さらに玉を奥へと押し込んだ。

「もう、ふたつばかり残っているぞ」

「や……っ、もう、駄目……ゆ、許して……ください……っ」

俐香は激しく胸を喘がせながら、懇願した。

「弱音を吐くな。あとふたつだけだ」

「で、でも……っ、もう、苦しい……苦しい、んです……もう、入らない」

俐香は必死に珀龍を見つめて訴えた。

珀龍は、やれやれとでも言いたげに、手を伸ばしてくる。

「これぐらいで、いちいち俺の手を煩わせるな」

珀龍はそう言ったものの、許してくれたのではなかった。俐香の腰に手を当てて、残った玉を無理に押し込んでくる。

「やあ、……っ、うぅぅ」

いきなり奥まで玉を入れられて、俐香はくぐもった悲鳴を上げた。

敏感な窄まりを無理やり押し広げられて、苦しかった。

「これで全部入った。だが、いやがっていたわりには、前はもう弾けそうになっているではないか」

くすりと揶揄するように言われ、俐香はまたひと筋、涙をこぼした。

最初に自慰を強いられ、達する寸前で根元を紐で縛られていた。達くに達けない状態で、後孔に玉を繋げた道具を咥えさせられたのだ。

それでも珀龍は、満足しないかのように手を伸ばし、俐香の背中を抱き起こした。

寝台の上で座らされると、中の異物をよけい意識させられる。

「うぅ……」

上半身は剝き出しで、白い肌に黒髪が乱れかかっている。

なのに珀龍はその髪を指先で払い、ついでのように尖《とが》った乳首にも触れてくる。

「あ、あぅ」

異物に犯され、そそり勃ったものの根元まで細い紐で結わえられた状態では、そのささいな刺激さえも、ひときわ大きく響いてしまう。

「ずいぶんと淫らな顔をするようになった。いいぞ、そうやって男を誘うんだ」

珀龍はそう言いながら、きゅっと容赦なく乳首をねじり上げた。

「ああっ……っ、ぅ……っ」

大きく上体を揺らしたが、珀龍の指は乳首を摘んだままだ。

先端に爪を立て、引っ搔くような真似までされて、俐香はさらに追いつめられた。

身体を揺らせば、中に入れられた固い玉がよじれ、敏感な部分に当たってしまう。

「いや……っ」

だけど、乳首への刺激も堪え難く、上体を揺らすのを止められない。

俐香は一気に高められ、さらに痛いほど花芯を張りつめさせた。

だが、欲望を吐き出したくても、根元にはしっかりと紐が巻きついている。膨れ上がった花芯に食い込む勢いで縛られていては、どこにも逃げ道はなかった。

しかも珀龍には何ひとつ乱れたところがなく、時折乳首を弄ぶだけで、燈火に照らされた俐香の痴態をおかしげに眺めている。

自分ひとりが淫らに喘いでいるのは、惨めだった。それなのに、性感だけは果てもなく高められていく。

「乳首も立派に感じるようになったな」

呟いた珀龍が胸に顔を寄せ、尖った乳首を嚙《かじ》る。

「ああっ」

頭の天辺まで、鋭い刺激が走り抜け、たまらなかった。

こんなになってもまだ欲望を吐き出せず、俐香は狂ったように首を振り続けるだけだ。

「いやだ、もう……っ、おかしくなる」

我慢できずに声を上げると、珀龍はさらに意地悪く、敏感な乳首に歯を立てる。そのあと、じんと痛みの残る場所にねっとり舌を這わされ、俐香はまた小刻みに全身を震わせた。

「俐香、おまえが悶えている姿は見応えがある。だが、まだ足りない。もっと色っぽく喘いでみせろ」

「いやだ、珀龍……様っ、もう、許、して……っ」

簡単に屈服したくはなかったが、もうどうしようもなかった。

吐き出せない苦しさは、我慢のしようがない。

「俐香、許してほしければ、先に俺を満足させろ」

珀龍は冷酷に言って己の下肢を乱した。

下裳から取り出されたのは、逞しく漲った肉茎だった。

先走りでぬらりと先端を光らせ、幹も筋張っている。根元を紐で縛られた自分のものとは、まったく違って圧倒的な存在感を示していた。

「さあ、口を開けて咥えろ」

短く命じられ、俐香はそろそろと寝台に座した珀龍の下肢ににじり寄った。

咥えさせられるのは初めてではない。

俐香は両手で逞しいものを捧げ持ち、ゆっくりと口を近づけた。

「んぅ、……んっ」

珀龍はあまりに大きすぎて、簡単には咥えられない。だから丁寧に舌を這わせる。

先端を舐めると、先走りの苦い味が舌に残った。

「口を大きく開けて、全部咥えろ」

それでも珀龍は満足せず、俐香の口に親指を引っかけて大きく開かせる。そして、自ら腰を動かして、逞しいものを突き入れてきた。

「んぐ……っ……ぅ」

喉を塞ぐ勢いに、俐香は苦悶《くもん》の表情を浮かべた。

だが、そんなひどい扱いを受けてさえ、身体の中に渦巻く熱は大きくなるばかりだ。

「歯を立てずに出し入れしろ。上手にできれば、おまえの紐をほどいてやる」

「んんぅ……ん、ぅ」

俐香は命令どおり、涙をこぼしながら口淫を続けた。

だが、自分の口でするより、珀龍が自ら腰を突き入れてくるほうが多い。喉の奥まで無理やりこじ入れられると、苦しさで気が遠くなりそうだった。

なのに、俐香はどこかでこれを悦んでいる自分がいることにも気づかされていた。

うまくできれば、許してもらえる。そう思うと、自然に腰が揺れた。

「んぅ……んっ、ぅぐ……」

腰が揺れれば、目一杯咥え込まされた玉も一緒に動いて、敏感な壁を擦る。

俐香は珀龍のものを出し入れするたびに、自身の性感も高められていた。

「いいぞ、俐香。今までたっぷり仕込んできた甲斐があって、いい調子だ。このまま出すから、全部こぼさずにのみ込め」

珀龍はそう言って、自ら動きを速めてくる。

「んぐ……っ、ぅ、く……ぅ」

激しい抽送がくり返されて、喉の奥にどっと熱い飛沫を浴びせられた。

口を塞がれ、むせることもできず、大量の欲望をのみ込まされる。

「一滴残さず舐めろ」

俐香はその命令にも従った。先端の窪みを舌で探り、すべての欲望を舐め取る。それでも、全部はのみ込めず、口の端から白濁がだらりとこぼれてしまった。

「いい顔だ。楚々とした風情だったおまえが、男の欲望を口からこぼしている姿は、絶品だ。これなら、どんな男でもその気になるだろう」

頬を両手で挟まれ、嘲るように言われる。

俐香はただただ悲しかった。全部の男というけれど、珀龍だけは違う。こうして口を使うことはあっても、最後まで抱くことだけは決してない。

珀龍自身が犯してくれるなら、これほど惨めにならずに済んだかもしれないのに。

心は悲しみでいっぱいなのに、玉を埋められ、花芯の根元を縛られたままの身体が、疼いて仕方がなかった。淫らな己に、いっそう惨めさが募ってしまう。

「お、お願いです。紐……ほどいても、いいですか……う、後ろも、もう、つらい……、お、お願いですから」

俐香は涙をこぼしながら訴えた。珀龍は口元をゆるませ、優しげに濡れた頬を指で拭う。

「達きたいのか？」

俐香はもう抵抗する気力もなく、こくりと頷いた。

「いいだろう。そうやって素直に甘えてくるのはいいことだ」

甘い言葉に、俐香はこれで許されると、期待で震えた。

「は、珀龍……様っ」

だが珀龍は、にやりと笑い、さらなる要求を突きつけてきたのだ。

「根元の紐をほどくのは、玉の代わりに張り型を咥え直してからだ」

「嘘……そ、そんな……っ」

俐香は、信じられずに目を見開いた。

「今日は瘤のあるやつを入れてみろ」

何気ない調子で言われ、俐香は恐怖で引きつった。

今まで幾度となく張り型を咥えさせられてきた。かなり大きなものまで収められるようになっていたが、瘤が生えた張り型は特別だった。

「いやだ……いやっ」

俐香は視線を泳がせ、必死に逃げ道を探した。

けれども寝台から逃れたところで無駄なだけだ。部屋から逃げ出せたとしても、ここは妓楼の最上階。本当の意味で自由になれるはずもない。

「俐香、何を怖じ気づいている？　もうおまえが淫らな身体をしていることはわかっている。もっと快楽を与えてやろうというのに、逃げる奴があるか。まずは、今咥えている玉を出さないとな」

珀龍はなんでもないことのように言い、俐香の薄い肩をつかんだ。

「やっ」

慌てて身をよじったけれど、すでに珀龍の手が腰にかかっている。

俐香は再び寝台に伏せる体勢を取らされ、すぐに後孔に指を入れられた。

「ああっ」

「深く入れすぎたか」

珀龍は後孔に忍ばせた指を、ぐるりと回す。玉が一緒に掻き回されて、俐香は激しく身悶えた。

「やあ、あっ、やめて……っ」

「ああ、やっと指に引っかかった。さあ、出してやろう」

珀龍はそう言って、一気に繋がった玉を引き抜いた。

「あああ――――っ！　うっ、ううう……っ」

恐ろしい刺激を受け、俐香は悲鳴を上げながら仰け反った。

一気に上り詰めそうになったのに、根元を縛られていて欲望が吐き出せない。

俐香はがくがくと痙攣したように身を震わせるだけだった。

「俐香、次に咥えるのはこれだ」

珀龍に見せつけられたものに、俐香はびくりとすくんだ。

翡翠で作られた張り型だ。大きくて、びっしりと歪な瘤で覆われている。

「いや……いや……だ」

俐香は必死にかぶりを振ったが、珀龍は容赦なかった。

「さあ、咥えろ」

腰を押さえつけ、尻の肉を割って、いきなり張り型の先端を押し込んでくる。

「や、やああぁ――――っ」

玉の紐で蕩けていた蕾は、簡単に巨大なものをのみ込んだ。

歪な瘤が、敏感な壁を押している。

なのに、珀龍は冷酷に命じる。

「もっと乱れてみせろ。そしたら、前の紐をほどいてやる」

「ああっ、……やあ、ぁ……っ、ああ……っ」

太い張り型を無理やり出し入れされ、俐香は悲鳴を上げた。

狭い場所をこれ以上ないほど広げられ、奥の奥まで翡翠の異物で犯される。

苦しくてたまらないのに、瘤が敏感な壁を擦るたびに、愉悦が湧き上がった。

快感は堪えようがなく、一気に噴き上げたいのに、根元はまだ堰き止められたままだ。

「俐香、もっとだ……もっと感じろ」

珀龍が熱のこもった声でそそのかす。

さらに珀龍は空いた手で、胸の粒までかまい始めた。

「ああっ、……は、くっ……んんぅ」

巨大な張り型で激しく後孔を犯されながら、胸にも刺激を受ける。

達きたいのに達けない苦しさで、俐香は白い顔を歪ませた。

喉を仰け反らせると、珀龍は口まで塞いでくる。

「んっ、んぅ、っくぅ……」

もう駄目だ。死んでしまうと思った瞬間、いちだんと大きく張り型を回される。

「達け、俐香」

唇を離した珀龍が、しゅるりと紐をほどき、俐香は大量に白濁を噴き上げた。

「う、うぅ……」

がっくり前にのめった身体を、珀龍の腕で抱き留められる。

逞しい胸に背を預けた俐香は、すでに意識を朦朧とさせていた。

「可哀想に……俐香……こんな目に遭わされて……。おまえを幸せにしてやれなかった……

だから、俐香、俺を憎め。おまえにはその権利がある」

薄れる意識の中で聞いたのは、悲しげな声だった。

珀龍様は、どうしてこんなことを……。

俐香は疑問に思いつつも、闇の底に堕ちていくだけだった。

六

俐香が与えられた最上階には、庭園がついていた。

三部屋を足したほどの広さで、瑞々《みずみず》しい緑や可憐な花、小さいながらも姿のよい岩なども配してある本格的な造りの庭だ。妓楼の外には出られぬ囚われ人が、少しでも気分よく過ごせるようにと配慮してあるのだろう。

星青楼の第七層は、俐香が連れてこられるまで、しばらく空き部屋だったそうだ。しかし、もともとは主の青蝶が自ら客を取っていた時に使っていたと聞いた。

清々《すがすが》しい外気に触れれば、鬱屈した気持ちも少しは晴れやかになる。それで俐香も、時折この庭園を歩いていたのだ。

星青楼は都で一番の賑わいを見せる街区にあった。庭園の縁には塀を巡らせてあるが、近くに寺院の高い塔が見えた。昔、俐香が売られていた市の立つ寺院だ。ほとんど記憶に残っていないが、耿家の立派な屋敷から、自分がまた元の居場所へ戻されたようにも感じる。

背伸びをすれば、下の様子を覗くことも可能だった。

真下は第六層の青い屋根。ひとりでは無理だとしても、誰か手伝ってくれる者がいれば、もしかしたらここから逃げられるかもしれない。帯を繋ぎ、それを伝って六階の屋根に下りる。それからまた下へと順番に下りていけば……。

俐香は夢見るように逃走経路を模索したが、実行に移すつもりはなかった。

今さら逃げ出したとて、何をすべきかわからない。それに、俐香は珀龍に献上された身だ。

それが養父の命なら、今の境遇がどんなにつらくとも、逆らうつもりはなかった。

ゆったり庭園を歩いていると、風に乗って様々な音が聞こえてくる。寺院の喧噪、真下の通りを車や荷車が行き交う音。

そして俐香は、ごく間近から聞こえた話し声に、思わず息をのんだ。

「……まとまった金子《きんす》を用立てて…………」

「……無理をおっしゃいますな……」

「昔、世話になった恩を忘れたのか……」

「……今さら、…………」

風の加減で、話し声は切れ切れに聞こえてくる。

だが、話しているのは、青蝶ともうひとり。信じられないことに、桂迅《けいじん》の声だった。

兄上がどうしてここに？

俐香は塀の上から必死に兄の姿を探した。

とっくに都を出ているはずなのに、どうしてまだここに？

養父上はどうなさっているのだろう？

気になって仕方がなかったのに、今まで知る機会がなかった。

「ここに……周公《しゅうこう》……ているだろう……屋敷、……警戒が厳しい……」

「……何をなさろうと………」

「……連絡を………ここには俐香もいるはずだ」

兄が自分の名を口にするのを聞いて、俐香はさらに焦って下を覗き込んだ。

しかし、屋根が邪魔になって兄と青蝶がどこで話しているのか、わからない。

直接探しにいったほうが早いと、俐香はさっと身を翻した。

急いで部屋を走り抜け、階下に通じる赤い扉を開いた。最初の頃は鍵がかかっていたが、今は俐香もある程度、自由に妓楼の中を歩いていいことになっている。

俐香は必死に兄の姿を探しながら、二階まで階段を駆け下りた。

しかし、さらに下へ行こうとすると、階段の前に大きな扉があって鍵がかかっている。

「誰か、ここを開けて！」

俐香は大声を張り上げながら扉を叩いた。

男妓たちの多くはまだ寝ている時間だったが、起きていた者や世話係の男衆が、何事かと顔を覗かせる。

「誰か、ここの鍵を開けてください」

「何をなさろうと言うのです?　許しがなければ、この下へは行けませんよ?」

「でも、早くしないと兄上が……っ」

俐香は集まってきた者たちに、縋るような目を向けた。

夜着のままで疲れたような顔をしている者が多い。夜は皆、白粉で美しく見えるのに、昼の光は残酷で、かさついた肌が剝き出しになっていた。

馬鹿馬鹿しいとばかりに大きく欠伸《あくび》をして、部屋に戻ってしまう者もいる。

「俐香様、こちらはあなた様が立ち入られるような場所ではございません」

老いた男衆に厳しく言われ、俐香はかぶりを振った。

下働きの男衆は、男妓出身の者が多い。容色が衰え、客を取ることができなくなると、下働きにまわされるのだという話だ。

「さあ、第七層にお帰りください」

老いた男衆は俐香の手をつかみ、無理やり連れていこうとする。

「いやです」

俐香は懸命に男衆の手を振り払った。

「俐香様」

「ここを開けて！」

揉み合っていると、その扉がふいに開けられる。

外に立っていたのは青蝶だった。

「いったい、なんの騒ぎです？」

「青蝶様、今、兄上と！　どこです？　兄上はどこにおられるのですか？」

俐香は矢継ぎ早に訊ねた。

青蝶はいつもどおりすっきりとした装いで、何事もなかったかのように立っているだけだ。

「どうぞ、お静かに。俐香様ともあろうお方が、大勢の前で何を取り乱しておられるのです？　お立場をお考えください」

「でも、青蝶様は兄上と今……」

「しっ、静かに……あなた様の兄上がどのような状況にあるか、わかっておいでですか？　あなた様がここで騒げば、兄上はどうなります？」

諭すように言われ、俐香は思わず黙り込んだ。

兄は逃亡中の身だ。騒ぎになれば捕縛されてしまうかもしれない。

ようやくそれに気づき、俐香は己の浅はかさを思い知らされた。

「申し訳ありません」

「おわかりになればよろしいのです。さあ、お部屋にお戻りください。お話は上で伺いましょう」

「……はい」

俐香は短く答え、駆け下りてきた階段を、今度はゆっくりと上っていった。

第七層に戻って、青蝶と差し向かいで座る。

「先ほどは騒ぎ立ててしまい、申し訳ありませんでした。庭に出ていたら、青蝶様と兄が話していている声が、聞こえてきたのです。どうぞ、兄と何を話されていたのか、お教えください」

俐香はそう言って、丁寧に頭を下げた。

青蝶はほっと小さく息をついたが、なかなか口を開こうとはしない。

「青蝶様は兄のことをご存じだったのですね？」

俐香は再度訊ねた。

「確かに存じております」

「兄はお金を無心していたようですが……」

「ええ……昔のよしみでと頼まれました」

青蝶は、俐香が訊ねたことには答えてくれる。しかし、自分から積極的に話はしたくない様子だった。白い面にはあまり感情らしきものが見えない。常に凛とした雰囲気を保っている青蝶は、色を売る店の主には似つかわしくない気がした。

「あの、青蝶様は、兄とはどういうお知り合い、なのですか？」

俐香は遠慮がちに訊ねた。

青蝶は今まで、耿《こう》家の者と関わりがあったという素振りをいっさい見せなかった。俐香に対しても、どこか突き放すように接していた。

考えてみれば、他の男妓、牡丹や桃花、桂花に対する態度には、もっと親しみがあったようにも思える。

「そのご質問には、お答えしたくありませんね。申し訳ないですけれど……」

「では、答えていただけることだけで……。兄は困っている様子でしたか？　養父のことを、何か言っておりませんでしたか？」

続けざまに訊ねると、青蝶は仕方なさそうに深く息をつく。

「宋迅《そうじん》様のことは何も……。しかし、私に金子を用立てろとおっしゃるぐらいです。都のどこかに潜んでおいでで、相当行き詰まっておられるのかもしれません」

淡々と告げられて、俐香は養父のことが心配でたまらなかった。

屋敷から出る時、ありったけの金を持ち出したはずだ。なのに、もうお金に困っているとは、逃げている間に何があったのだろう？

「いずれにしても、今夜、桂迅様はもう一度ここに見えるでしょう」

「えっ？　本当ですか？」

「ええ、仕方がないので、少しばかり用立てることにしました。今夜、取りに見えます」

青蝶の言葉を聞いたとたん、俐香は思わず膝を詰めた。

「会わせてください！　兄に会わせてください！」

勢い込んで頼むと、青蝶は難しい顔になる。

「珀龍様のことは、どうなさるおつもりです?」

「あ……」

俐香は夢中なあまり、珀龍のことを失念していた。

珀龍はいつも、ふらりと現れる。夜に限らず、昼間からということもあった。

「夜には大勢のお客様がいらっしゃいます。ですから桂迅様にもお客様のひとりとして、妓楼へ来ていただくことにしました。どのお客様をどの部屋へおとおしするかは、私の胸ひとつ。ですから珀龍様と桂迅様を行き会わぬようにすることは可能です。しかし、あなたも一緒にとなると、問題でしょう。もし珀龍様に見咎められたら……あとはおわかりですね?」

兄は即座に捕らえられてしまうだろう。そして、捕らわれたが最後。自分とは違って確実に処刑されてしまう。

だが、せっかく兄がここまで来るというのに、諦めることはできなかった。

「青蝶様、お願いです。珀龍様に連絡を取っていただけませんか?」

「連絡?」

「はい。俐香は具合が悪くて伏せっていると……今夜はとても起き上がれそうにないと……そのように従者の方に伝えてもらえませんか?」

いくら珀龍でも、病だと言えば、ひと晩ぐらいは許してもらえるだろう。

珀龍は鬼ではない。むしろ、基本的にはとても優しい人なのだから。

青蝶はしばし考えたあと、渋々といった感じで俐香の提案をのんだ。

「わかりました。うまくいくかどうかはわかりませんが、お望みのとおりにしましょう」

「ありがとうございます」

俐香はほっとしながら礼を言った。

青蝶は、まだ何か言いたげにじっと見つめてくる。

「あなたは、本当に人を疑うということをしない方なのですね」

呆れたような口調に、俐香は首を傾げた。

「桂迅様のことを、私が珀龍様に密告するかもしれない、とは考えないのですか?」

「ええっ」

さらりと恐ろしいことを言われ、俐香はいっぺんに青ざめた。

桂迅がお金を受け取りに来る。青蝶がそう珀龍に伝えれば、すべては終わりだ。

それを疑いもしなかったことに、俐香は自分自身でも呆れてしまった。

「密告はしませんよ。今は、ね。私はどなたの味方でも、まして敵でもありません。ここは妓楼……ひと時の癒やしを求めてやってくる方に、美しい夢を与えて差し上げる場所。それだけです」

青蝶はそう言い終えると、優雅に立ち上がった。

「よろしくお願いします」

俐香もそれ以上よけいなことを言わず、丁寧に頭を下げる。

賽《さい》は投げられてしまったのだ。いい目が出るか、悪い目が出るか、今はまだわからない。

それでも、いい目が出ることだけを信じているしかなかった。

†

その夜、遅くになって、俐香は階下に呼ばれた。

目立たない格好で来いと言われ、俐香は濃い藍色地の襦裙を着て、飾り物もあまりつけず、案内の男衆に従って指定の部屋まで行った。

星青楼は下へ行けば行くほど広くなり、要所要所を鍵付きの扉で仕切った廊下や階段が、まるで迷路のように複雑に配置されていた。これは客同士がうっかり顔を合わせたりしないための配慮だろう。それと、男妓の逃亡を防ぐ目的もあるのかもしれない。

俐香は階段を三階分下りて、そのあと一階分上り、さらに別の階段を四階分下りさせられた。そして最後に、窓のない小部屋に入った。

隅に寝台が据えられ、仕切りとして、天井から帳が下ろされていた。明らかに男妓が客と過ごすための部屋だが、格付けは不明だ。

すでに酒肴の用意が整った場所でしばらく待っていると、静かに扉が開いて青蝶が顔を覗かせる。その後ろに、頭巾《ずきん》を目深に被って顔を隠した体格のいい男が続いていた。

間違いなく桂迅だ。

「こちらでお話しください。あまり長い時間は差し上げられません。よろしいですね?」

取り次ぎをした青蝶がそう念を押して部屋から出ていく。

頭巾を取り、どかりと座り込んだ桂迅は、無精髭を生やし、荒んだ顔つきをしていた。派手好みでとおっていたのに、着ているものも汚れが目立つ。

「おまえは恥知らずにも、男妓になっていたのか」

発せられた心ない言葉に、俐香はくっと唇を噛みしめた。

嘲るように顔や身体を眺められ、沸々と怒りが湧く。最初に俐香を供物にすると言い出したのは桂迅なのに、それを都合よく忘れているらしい。

「兄上、養父上はどうなされているのですか?」

俐香は怒りをのみ込み、養父の安否を訊ねた。

「ふん、父上か……」

桂迅はそこで言葉を切り、勝手に酒を注いで呷るように飲み干してから、俐香を探るように見つめてくる。

もしや、養父の身に何かあったのかと、俐香は不安を煽られた。

「兄上、どうかお教えください。養父上は息災にしておられるのですか？」

「まだ息はしているぞ」

「どういうことです？」

思わず膝を進めて訊ねると、桂迅は馬鹿にしたような笑みを浮かべる。

「何もかもうまくいかん。これも皆、あの疫病神が京陽城《けいようじょう》に戻ってきたせいだ。屋敷を抜け出して間もなく、手の者が裏切った。金子だけではない。金目のものをごっそり盗んで逃げたのだ。残った手勢も我らが落ちぶれたと見て、次から次へと逃げ出した」

「そんな……ひどい……」

「父上には軟弱なところがおありだ。すっかり覇気を失い倒れてしまった。今も汚い場末の宿で伏せっている。なのに俐香……おまえがまさかこんな場所で、ひとりぬくぬくしていようとは、思ってもみなかったぞ」

「養父上のご容態は？　大丈夫なのですか？　医師はなんと？」

心配のあまり、そうたたみかけた俐香に、桂迅は憎々しげに舌打ちする。

「だから、言っただろう。金を全部持ち逃げされたのだ。医者など呼べるものか！　だいいち、そんなことをしたら、隠れている場所を嗅ぎつけられてしまう。父上だけじゃない。俺まで捕まってしまうではないか。おまえはそんなこともわからないのか？」

怒りの矛先は、なんの落ち度もない俐香に向けられた。

桂迅の荒んだ様子は、逃亡生活の困難さを如実に顕《あらわ》している。

「とにかく、ここでおまえに会ったのは不幸中の幸いといったところだな。俐香、なんとかしろ。青蝶の奴は、昔耿家にさんざん世話になっておきながら、恩を忘れおって、俺にはした金を寄こしただけで、追い払おうとしやがった。俐香、おまえは違うだろうな?」

ぎらついた目で見られ、背筋が震えた。桂迅は昔から少しも変わらない。己の都合のみを押しつけて、他の者を思いやろうという気はまったくないのだ。

俐香は怒りを押し殺して訊ねた。

「青蝶様が、耿家の恩を受けておられたとは、本当なのですか?」

「ああ、あいつはおまえと同じ奴婢だったからな」

「そんな……まさか」

俐香は呆然となった。いつも凛とした雰囲気をまといつかせている青蝶が、昔は自分と同じ奴婢だったなど、すぐには信じられない。

青蝶の面影にはなんとなく覚えがある気がしていた。しかし、華街に住む人間と耿家の屋敷で育った俐香には、なんの共通点もない。

ひとつだけ考えられるのは、青蝶もまた養父によって救われたのではないかということだった。耿家の屋敷で教育を受けていた年長の子供たちのなかに、もしかしたら青蝶も交じっていたのかもしれない。しかし、それならどうして苦界《くがい》に身を沈めることになったのか、俐香にはわからなかった。

それに青蝶は、珀龍とも関わりを持っている。そうでなければ珀龍は、この妓楼に俐香を預けたりしなかっただろう。

耿家と珀龍、双方を知る青蝶は、今回の成り行きをどう見ているのだろうか。

あれやこれや考えていると、桂迅は料理の皿に手を伸ばし、がつがつと食べ始める。よほどひもじかったのか、合間に酒を流し込みながら、あっという間に何皿も平らげてしまった。

桂迅は手の甲で汚れた口を拭い、改めて訊ねてくる。

「俐香、この妓楼に、周公という老人が出入りしているのは知っているか?」

思わぬ名前を出され、俐香はぎくりとなった。

「周公と連絡を取りたいのだが、屋敷には近づけない。おまえ、なんとか繋ぎを取れ」

「……繋ぎを取る?」

「ああ、おまえは星青楼一の男妓だと、評判になっているそうじゃないか。まったく、恥知らずにもほどがあるが、この際それには目を瞑ってやろう。いいか俐香。周公を客にしろ。そして俺に会う段取りをつけろ」

無理ばかり言う桂迅に、俐香は眉をひそめた。

「お待ちください、兄上。私には無理です。この妓楼内のことを取り仕切っているのは青蝶様です。私の勝手になどできません」

俐香がそう言うと、桂迅は不機嫌そうに顔を歪める。

「おい、俐香。今にも死にそうだった奴婢を引き取り、ここまで育ててやったのは耿家だぞ。おまえはその恩を忘れたのか？」

「忘れはいたしません。だからこそ、ご命令どおりにしております」

「青蝶には生意気にも断られた。だから、おまえが代わりにやるんだ」

桂迅はまったく聞く耳を持たなかった。

言いたいことだけ告げると、すっと立ち上がる。

「また来る。次までに段取りを考えておけ」

そのまま出ていこうとする桂迅を、俐香は慌てて呼び止めた。

「お待ちください、兄上。お伺いしたいことがあります」

「なんだ？」

桂迅はうるさげに振り返る。

俐香はすっと息を吸い込んで、ずっと気がかりだったことを口にした。

「主上は……足を悪くしておいでてでした。八年前、兄上が斬りつけられたのだと……それは本当の話ですか？」

「ふん、珀龍にでも聞いたのか？　今さら隠すことでもない。だが俺は珀龍を殺るつもりだったんだ。なのに邪魔された。それだけのことだ」

桂迅はなんでもないことのように吐き捨てる。

「なんて、ひどい……皇子様方は、耿家に助けを求めに来られたのでしょう？　それなのに、どうして……」

「奴婢の分際で、生意気な口をきくな！」

桂迅は俐香にいきなり平手を食らわせた。

「ああっ！」

避ける暇もなく頬を叩かれ、俐香は力なく床に伏した。

「いいか俐香。周公との繋ぎ、急げよ。今こそ耿家に恩を返せ」

桂迅はそんな捨て台詞を吐き、部屋から出ていく。

残された俐香は、唇を嚙みしめるしかなかった。

桂迅が出ていったあと再び案内の男衆が顔を見せ、俐香はそのまま七層へと連れ戻された。

俐香が殴られたことに気づいた男衆は、すばやく冷えた手巾《しゅきん》を用意して、赤くなった頰に当てる。老いた男衆はほとんど口をきかなかったが、心配するというより、まるで殴られた俐香のほうが悪いとでも言いたげな様子だった。

これからどうすればいいのか、俐香にはなんの手立ても思い浮かばなかった。

周公と会う手配をしろなどと命じられても、どうすればいいのか見当もつかない。

青蝶には断られたということだから、頼むわけにはいかないだろう。

人を虫けらのように言う桂迅には、さすがの俐香も腹が立ったが、かと言って、要望を頭から無視するということもできない。

俐香が心配だったのは、養父のことだけだった。

桂迅があんな荒んだ様子では、養父はさらにひどい有り様となっているかもしれない。桂迅のために何かをする気にはなれないが、一緒にいる養父のことは心配で仕方なかった。

珀龍も言っていた。養父が周公に助けを求めているのではないかと——。

あのいやらしい老人には、それだけの力があるということなのだろう。

けれども、具体的にはどうすればいいだろうか。青蝶に頼めないとすれば、牡丹か……。でも、何も知らない牡丹に、危険な遣いを頼むわけにはいかない。

星青楼に連れてこられた当初はなんの情報もなく、途方に暮れるばかりだったけれど、今はその状況が大きく変わった。

養父と兄がまだ都にいて難儀していること。この妓楼の主が耿家に関わりがあったこと。そして周公という客……。

いっぺんに色々なことが押し寄せてきたようで、俐香はため息をついた。

なんとかしなければ……自分にとって一番大切なのは、養父に恩を返すことだった。

しかし珀龍は、養父こそが自分たちを裏切った極悪人だという。そして、桂迅が皇帝に一生治らない傷を負わせたことは、事実だったとわかった。

養父が八年前の事件の黒幕だったという話は、やはり信じられない。もし、事実だとしても、きっとなんらかの事情があったのだ。

桂迅はろくでもない男だと思うが、養父は違う。珀龍から色々なことを吹き込まれたが、俐香はまだ養父を信じていた。

珀龍は、今となっては憎むべき敵だ。養父の命令だから、珀龍のものとなることに反するつもりはない。けれども珀龍は、俐香を主上に献上する男妓にするという。

夜な夜な快楽を刻み込まれていくことが、どれだけ厭《いと》わしいか……。自分の身体なのに、思うとおりにならず、望みもしないことを言わされる。悦楽に流され、己を保っていられなくなって、最後には狂ったように許しを求めて……。

だが珀龍はいつも最後まで涼しい顔をしたままだ。自分だけが淫らに狂わされていくことが、どれほど惨めか……。

俐香は珀龍の嘲るような表情を思い出し、ゆるく首を振った。

今宵は珀龍が来ない。そう思っただけでほっとなる。

しかしそれと同時に、俐香はふいに寂しさに襲われた。

夜はいつも珀龍と一緒だった。なのに今宵はひとりだけ……。珀龍の端整な顔を思い出したせいか、よけいにひしひしと、ひとりきりであることが身に染みる。

珀龍が来ない。だから、今宵はゆっくり休めるし、これからどうすればいいか、考える時間もある。それなのに、どうして寂しいなどと……。

俐香は訳もなく狼狽《うろた》えた。

まさか、珀龍に会えなくて寂しいと思っているのか？

いいや、違う。そんなふうに思うはずがない。だって、珀龍は憎むべき敵だ。

俐香がそう思い直した時だった。

深夜に近い時刻だというのに、パタパタと階段を駆け上がってくる音が聞こえてきた。

「俐香様、珀龍様がお着きになりました！」

そう言って駆け込んできたのは桃花だった。

「えっ、こんな時間に？」

今し方、珀龍のことを考えていたばかりの俐香は、ぎくりとなった。

「青蝶様から、早く寝台でお休みになるようにと。あの、今夜は熱を出されたことになっているんですよね？」

桃花に指摘され、俐香はようやく起きていてはまずいことに思い至った。

「さあ、早く着替えてお休みになってください」

「わかった」

珀龍が七層に現れる前に、俐香は桃花に着替えを手伝ってもらい、急いで寝台へと潜り込んだ。

桃花が燭台の灯りを消し、閨から出ていくと同時に、珀龍が居間に入ってきた気配がする。

「俐香の具合はどうだ？」

「あ、はい……お眠りに、なったところ、です」

珀龍に問われ、桃花がぎこちなく答える声がかすかに聞こえる。

仮病を使ったことが露見するとまずい。俐香は顔が半分以上隠れるまで布団を被り、じっと息を殺した。

珀龍は桃花を下がらせたようで、ゆっくり閨へと入ってくる。

珀龍は静かに寝台に近づいて、そばの椅子を引き寄せ座り込む。そうして長い間、じっと動かなかった。

俐香は眠った振りを続けたが、心の臓が激しく高鳴り頬も自然と熱くなる。

そして、ついに珀龍が額に手を伸ばしてきた。熱を計るように額に触れられ、俐香はびくりと震えた。すると珀龍の手はすぐに離れていく。

「熱はさほどでもないな……」

珀龍は低く呟き、何故か深くため息をつく。

今、目が覚めたという体で、答えたほうがいいだろうか。

俐香が迷っていると、再び珀龍がくぐもった呟きを漏らす。

「……ひどいことを強いているのだ。倒れるのも道理か……可哀想に……おまえにはなんの罪もないのに……。おまえを救ってやれなかったこと、許せ……。いや、許してもらおうなどと、虫がいい話だ。逆だ、俐香。俺を憎め。おまえにとって、それが一番いい道だ。俺を憎んでさえいれば、この先もおまえは生きていける。だから、俺をとことん憎め、俐香……」

ぽつりぽつりと漏らされた、謎めいた言葉に、俐香はぎゅっと両手を握りしめた。

珀龍は何故こんなことを言うのだろう。いつもはあんなに冷淡なのに、今の珀龍は優しかった昔と同じに感じる。

ふいに胸が痛くなり、俐香はさらに強く両手を握りしめた。懸命に目を閉じていると、今度は頭に触れられる。乱れた髪をそっと直されて、涙が出そうになった。

こんなことをされたら、憎めと言われても、それができなくなる。

珀龍は憎むべき敵。恩ある養父の敵となった人だから……。

俐香は何度も自分の胸に言い聞かせた。そうしていないと、己が保てない。

昔の珀龍はいつも優しかった。そうして昔のことを思い出してしまうと、もう珀龍を本気で憎むことができない。

俐香は揺れる心に翻弄されながら、必死に息を殺していただけだ。

†

翌朝のこと——。

俐香の朝の支度を手伝いに来た桃花が、男衆から言付かったと、書状を携えてきた。

外に出ることが叶わぬ男妓でも、書状のやり取りは許されている。

星青楼では男妓に教養を身につけさせるため、文字を書けない者には、それを教えている。

しかし、もともと下層の暮らしをしていた者たちだ。家族で文字を書ける者もいないため、
実際には滅多に書状が届けられることはないという話だ。

「いったい、誰が……」

俐香はそう呟いたあと、はっとなった。

巻いてあるのは安物の紙で、留め紐は藁《わら》だ。それゆえ最初は気づかなかった。けれども、
もしかしたら、これは桂迅から連絡を寄こしたものかもしれない。

「青蝶様はこのことを?」

「いいえ、ご存じないと思います。今朝は早くからお出かけだそうですから」

「そうですか」

俐香はほっとしながら、藁の留め紐を解いた。

ぱらりと書状を開くと、粗末な墨で書いたのか、掠れた文字が目に入る。

見覚えのあるその文字は、間違いなく養父の手によるものだった。

「養父上……」

俐香は涙を溢れさせた。

「俐香様、どうなさったのですか?」

驚いた桃花が訊ねてくるのへ、俐香は泣き笑いの顔を向けた。

「なんでもない。嬉しい方からの便りだったから……」

俐香がそう教えると、桃花は安心したように微笑む。

そして、その桃花が衣装を揃えている間に、俐香は急いで養父からの書状に目をとおした。

——小香《しょうこう》、そなたは元気にしておるか? こちらは少々悪いことが重なって、いまだに都を出ることができない。しかし、我らのことを心配する必要はない。そなたは自分の行く末だけを案じていればよい。そなたに無理な願い事をしてしまったこと、今は心底後悔している。どうして、そなたを一緒に連れてこなかったのかと、毎夜、眠れぬほどだ。それゆえ、そなたはもう我らのことなど忘れてくれていい。自分の幸せだけを願ってくれれば、それでよいのだ。小香、そなたの元気な顔をもう一度見たい。今の養父にはそれだけが願いだが、到底叶うまいと思うと、老いた目に涙が滲んでしまう。すまない。愚痴を言うつもりではなかった。これも身体が弱っているせいだ。許してくれ。とにかく、小香、そなただけでも幸せになってくれることを天に祈っておる。最後にひとつだけ頼みがあるのだが、聞いてくれるか。我の天命はすでに尽きたものと思うが、桂迅はまだ若い。一緒に天へ連れていくのは忍びない。力を貸してやってくれぬだろうか。これが養父の最後の頼みだ。どうか、聞き届けてもらいたい。小香、そなたのことを、いつも思っておる。重ねて言うが、そなただけでも幸せになってくれ。

雅な言いまわしはいっさいない。訥々《とつとつ》とした語り口が心に染みた。

やはり養父は、自分のことを実の子のように愛しんでくれている。

優しい養父に報いるためなら、命など惜しくはなかった。

結びの言葉はなく、末尾に桂迅の手で、返事の手渡し方法が記されていた。赤の手巾を首に巻いた小者を、店の裏手で待たせておく。手配がついたら知らせるようにとのことだった。

養父が最後に頼むといった言葉に背くつもりはない。だから、桂迅を周公に会わせることに、力を尽くそうと思う。

養父から書状を読み終えた俐香は、そう決意を新たにした。

「あの、俐香様……少しよろしいでしょうか」

桃花が遠慮がちに声をかけてくる。

「どうした、桃花?」

振り返った俐香に、桃花は何故か目を伏せる。そして、散々迷った様子を見せてから、きっと顔を上げて切り出した。

「牡丹のことなんです」

「牡丹？」

訊ね返した俐香は、ひやりとした悪寒に襲われた。

「牡丹、もういやだと言って……死んだほうがましだって……っ……か、可哀想で見ていられなくて……う、うぅっ」

桃花は一気に吐き出し、涙を溢れさせる。

俐香はその桃花を抱きしめ、宥めるように問うた。

「泣いているだけではわからぬ。牡丹に何があったのだ？」

「き、昨日の夜……ひっく……牡丹はひどい目に遭わされて……ひっく……み、水揚げは、三夜続ける仕来りで……で、でも、もういやだって、泣いてて……ひっく……でも、青蝶様には許してもらえなくて……っ」

「相手は……周公……」

俐香はそう呟いて、奥歯を噛みしめた。

牡丹は自分より幼いが、長い時間をかけて水揚げの準備をしてきた。あんな老人に抱かれなければならないのは、本当にいやだろう。でも牡丹はしっかりした子だ。自分が置かれた立場をきちんと弁《わきま》え、不幸な様子などいっさい見せずに頑張っていた。

それなのに、二日目にして、歳下の桃花を相手に、死んだほうがましだと漏らすとは、よほどのことがあったのだろう。

「桃花、牡丹のところへ行こう」

「一緒に行ってくださるんですか？」

「もちろんだ。牡丹は大切な仲間だもの。放ってはおけないだろう？　それに青蝶様が留守にしておられるなら、咎められることもなかろう」

そう言って、宥めるように肩を抱き寄せてやると、桃花はまた新たな涙をこぼす。

「あ、ありがとうございます、俐香様……ありがとう」

「そなたたちのことは、もう兄弟も同然だと思っている。だから、一緒に牡丹のところへ行こう」

「は、い……」

桃花はようやく泣き笑いの顔を見せた。

俐香は手早く支度を終え、桃花とともに牡丹の部屋へ赴いた。

途中で男衆に行き先を訊ねられたが、牡丹の見舞いだと告げると、すぐに扉の掛け金を外してくれる。

牡丹の部屋は第三層にあった。

桃花の話によると、水揚げの時から第三層で個室をもらえるのは、かなりの厚遇なのだという。ちなみに、見習いの期間中は一階の大部屋を使うという話だった。

第三層には、男妓が使う小部屋が集まっている。星青楼ではそれぞれの男妓に格付けがあり、一番下の者は、地下の大部屋で客を取るという、厳しい世界だった。

「牡丹……俐香様がお見舞いに来てくださったよ？」

桃花はそう声をかけてから、部屋に入った。

俐香が使っているものに比べれば、格段に狭い部屋だが、調度の類はわりと格調の高いものが置かれていた。

そして牡丹は、帳を下ろした寝台でぐったりしたように横になっていた。

「牡丹、元気がないと聞いたけど、気分はどうですか？」

俐香はやわらかく声をかけて、寝台のそばまで行った。桃花も心配そうな顔を隠しもせずについてくる。

俐香の声を聞いて、牡丹ははっとしたように振り返った。そして、たまらなくなったように、ぽろぽろと大粒の涙をこぼす。

「どうしたの？」

俐香は寝台のそばの椅子に腰かけ、牡丹の髪を優しく撫でてやった。

「俐香様……っ、私はもう、死にたい……っ、もう耐えられないんです……ううぅ」

半身を起こした牡丹は、嗚咽《おえつ》を上げながら取り縋ってくる。溢れた涙が俐香の胸を濡らす。

いつも明るく朗らかに振る舞っていた牡丹がこんなに泣くとは、よほどつらい目に遭わされたのだろう。

「牡丹……何があった？　無理にとは言わないけれど、私に話してみないか？」

俐香は優しく牡丹の背中を叩き、事情を訊ねた。

牡丹はしゃくり上げながら、ぽつりぽつりと話し出す。

「しゅ、周公様は……さ、最初の時から、わ、私を嬲るだけ嬲って……で、でも……ご、ご自分ではなさらないで……ひっく、お、お供の方に、わ、私を……っ、ひっく……よ、四人もいらして……つ、つらくて……死んでしまいそうだった……」

ひどい話に、俐香はしっかりと牡丹を抱きしめた。

水揚げからいきなり四人の男の相手をさせられて、牡丹はどんなにか怖い思いをしたことだろう。

いくらお金を積んだのかは知らないが、まだ十六の牡丹を……しかも牡丹は初めてだったのに……。周公は思いやりというものを持ち合わせていないのだろうか。

それに俐香は、青蝶にも怒りを感じた。この妓楼の主なのだから、周公の遊び方は充分に承知していたはずだ。なのに水揚げの相手に選ぶとは、ひどすぎるのではないか。

牡丹はつらいことを口にして堰が切れたのか、その後も泣きながら訴えてくる。

「さ、昨夜もずっとひと晩中嬲られて……び、媚薬を塗られて、どうしようもなくて、なのに……達かせてもらえなくて……ひっく……も、もう死んだほうがいいと、何度も思って……今日は……もう、いやだ……しゅ、周公様は恐ろしい……いや……うぅ」

ぶるぶる震えながらしがみついてくる牡丹が哀れだった。

こんなに怖がっているのに、水揚げは三日続けての儀式だと聞いている。

一緒に部屋に入ってきた桃花も、牡丹の背中に抱きついてもらい泣きしている。一番幼い桂花がこの場にいなかったのは、不幸中の幸いだ。

「牡丹、大丈夫だから。私から青蝶様に頼んであげる。だから、もうそんなに泣かないで」

俐香がそう宥めると、牡丹ではなく桃花が、激しく首を左右に振る。

「青蝶様、今日はずっと妓楼にいらっしゃらないんです。戻ってこられるかどうかも、わからないし」

「どちらへ出かけられたのだ?」

「知りません。でも、男衆が、宮中に呼び出されたとか、ひそひそ話してるのを聞きました」

「青蝶様が宮中へ?」

俐香は信じられずに目を見開いた。

牡丹はまださめざめ泣いているが、その背に張りついた桃花はしっかりと頷く。

青蝶が宮中に召し出された……行き先は珀龍のところだろうか。

もしや、兄が訪ねてきたことを知らせに?

恐ろしい疑惑に、俐香はしばし身動《みじろ》ぐこともできなかった。

だが、そのうちに、ふと、これこそが絶好の機会ではないかと気がついた。

青蝶が妓楼にいないなら、誤魔化すことができるかもしれない。いや、これがもしうまくいけば、兄を周公に会わせるという難問も解決できるかもしれない。

「牡丹、桃花……よく聞いてほしい」

俐香が静かに口を開くと、ふたりとも真剣な目つきで頷く。

俐香はすばやく考えをまとめ、ふたりに持ちかけた。

「牡丹、そなたの代わりに私が周公の元へ行こう」

「でも、それじゃ俐香様が……だって、俐香様は大切なお身体なのに……」

「最後まで相手ができないことは、私自身が周公様に伝える。牡丹、周公様は一度もそなたを抱かなかったのか？」

念を押すと、牡丹はつらそうな顔で首肯する。

「周公様は、もう駄目なのだそうです。だから配下の者を代わりに……」

老いのせいで機能しないなら、説得の余地はあるだろう。俐香が主上に献上される身であることを伝えれば、いくら周公でも控えるはずだ。

それに、この目論見が首尾よく運んだとすれば、色めいた雰囲気にならずに済むかもしれない。

「牡丹、そなたは私の代わりに七層で隠れていればいい。青蝶様が宮中へいらしたなら、珀龍様はこちらへお越しにならないかもしれない」

牡丹と桃花は揃って首を傾げたが、俐香は静かに話を続けた。

「被り物で顔を隠していけば、男衆の目を誤魔化せるだろう。私はそなたの振りをして、この部屋で呼び出しを待つ。でも桃花、そなたには他に頼みたいことがある」

「はい、俐香様……牡丹を助けてくださるなら、どのように困難なことでも、きっとやり遂げてみせます」

「ありがとう、桃花。牡丹のために……そして私のために、どうか力を貸してほしい」

「はい」

しっかり答える桃花に、俐香は思いついた手順を説明した。

牡丹を七層に行かせ、俐香は牡丹の代わりにこの部屋で待機する。刻限になり、周公に呼ばれた際は、被り物で顔を隠していく。桃花には、兄への伝言を頼む。そして、兄には周公の配下のような体で、部屋まで来てもらう。

これで兄からせっつかれたことをやり遂げられるし、牡丹の窮地も救える。

問題は珀龍だった。青蝶が宮中で珀龍に会っている。それはただの勘だ。外れていた場合は騒ぎになるかもしれない。

けれども、こんなふうに事を押し進められる機会は、二度とこないかもしれない。

だから、今は賭けに出るしかなかった。

七

夜になって周公の到着が告げられ、俐香は緊張しながら牡丹の部屋を出た。

牡丹の水揚げのために用意されたという淡紅色の襦裙姿だが、飾りをつけた頭からすっぽりと薄物を被っていた。

これで皆の目を欺けるとは思っていない。しかし桃花が機転を利かせ、案内の男衆に袖の下の金子を渡しておいたので、別人だとわかっても、知らぬ顔をしてくれるだろう。

また桃花は、桂迅の遣いにもちゃんと連絡を取ってくれた。あとで桂迅が妓楼にやってきた時も、真っ直ぐ周公の部屋に案内するようにと、男衆に賂が渡してある。

俐香ひとりではどうにもならなかっただろうが、桃花は年端もいかぬのに頼もしい働きぶりだ。

牡丹は七層で休んでおり、桂花が付き添っている。あとのことは、すべて俐香次第だった。

青蝶が早々に帰ってきたり、珀龍が現れたりすれば、もちろん騒ぎになる。その前に、周公と桂迅の密会が終わることを祈るのみだ。

周公がとおされていたのは六層にある、星青楼で二番目の格式を誇る部屋だった。居間と閨に分かれ、室内も高級な意匠になっている。

周公はすでに上座に着き、着飾った男妓を何人か侍らせて酒を飲んでいた。周公の斜め後ろにふたり、それから部屋の反対側の隅にもふたり、屈強な武人風の男たちが控えている。

俐香が入っていくと、酌をしていた男妓がすぐに周公の隣の座を空けた。

「おお、牡丹。来たか。さあ、こっちへ来い。今宵もたんと可愛がってやろうぞ」

俐香は牡丹の有り様を思い出して胸が悪くなったが、黙って周公の元へと進んだ。

すっと隣に座ると、さっそく周公が手を伸ばしてくる。

「今さら顔を隠してなんとする？　さあ、可愛らしい顔を見せよ。昨夜の仕置きで、どれほど色っぽくなったか、見てやろう」

被り物を引っ張られ、俐香の面がさらされる。

周公は、あっと息をのんだが、しばらくして、ふぉっふぉっふぉっと、気味の悪い笑い声を上げた。口を開けると歯が何本か抜けており、まるで悪鬼のように見える。

俐香は背筋を凍りつかせたが、今は怯んでいる時ではない。

「申し訳ございません。牡丹はいまだ寝ついております。周公様のおそばに侍ることが叶いませんので、私が代わりに参りました」

「なんだ、青蝶め、駄目だ駄目だと言いながら、粋な計らいをしおるではないか」

周公はにやりと笑いながら、白い顎髭を弄る。

「いいえ、これは青蝶様もご存じないこと……」

「ほお、そなたが自らの意志でここに参ったと言うのか」

周公は目を細め、探るように俐香の顔を見つめてきた。

「周公様にお願いの儀がございまして、失礼を承知でこのようにさせていただきました」

「何、願いとな……よいよい……しかしまあ、先に顔をよく見せよ」

周公は上機嫌の様子で手を伸ばしてくる。

顎をくいっと持ち上げられて、穴の空くほど見つめられる。

皺の寄った顔にいやらしい笑みが浮かび、俐香はいやな予感に襲われた。

「本当に美しい顔じゃ……女子でもこうはいかぬ。宋迅殿がよく自慢しておったが、なるほど、無理もないの」

ぽつりと漏らされた言葉に、俐香ははっとなった。

周公は、自分が耿家所縁の者であることを、最初から知っていたのだ。

「周公様、お願いでございます。養父にどうかお力をお貸しください」

俐香は周公の手から逃れるように後ろへ下がり、床に両手をついた。

「屋敷から落ち延びられたことは噂になっておったが……宋迅殿は今、どちらに？」

「そ、それは私も存じません。ですが、よければ兄に会ってやっていただけますか？」

「桂迅か……」

「はい。兄は周公様にお目にかかりたいと、申しておりまして……ですが、お屋敷のほうには近づけぬゆえ、あとでこちらに参る手筈になっております」

「疑いの目は我にも向けられておるでの……なるほど、この妓楼でなら、どこに誰がおるやもわからぬゆえ、目眩《めくら》ましにはなろう」

「何とぞ、よしなに……」

再度頼み込んだ俐香に、周公は難しい顔になる。

養父との間に友誼《ゆうぎ》を結んでいたというなら、なんとしても力になってほしいと思う。

俐香はじっと縋るように、周公の老いた顔を見つめた。

「そなた、名はなんというたかの？」

「俐香……にございます」

「では俐香、そなたはどういうつもりで我の元へ来た？　一方的に己の希望を押しつけるだけか？」

「いいえ、決してそのようなことはございません」

「今宵は牡丹に仕上げを施す予定であった。その楽しみを取り上げた代償……そなたが務めてくれるのか？」

俐香は返答に詰まった。

周公はいかにも優しげな声で言うが、牡丹の怯えぶりを思い出すと、恐ろしさが拭えない。

だが、ここで周公の機嫌を損じるわけにはいかなかった。

「……お心のままに……」

俐香は周公に対する嫌悪を押し殺し、声を絞り出した。

「そうか、そうか……いや、それを聞いて安心した。そなたのように美しい者を目の前にして、お預けを食わされては敵わんからな。さあさあ、もっと近くへ寄れ」

周公は老人とは思えぬ力で俐香を手繰り寄せる。

倒れ込んだ俐香は、さっそく口を吸われた。

「んぅ……く、っ」

舌を深く絡められ、執拗に貪られる。

臭い息が鼻につき、嘔吐《えず》きそうになるほど気持ちが悪かった。

しかも周公は口を吸いながら、胸元まで探ってくる。

はだけた襟からするりと手を入れられて、容赦なくぎゅっと乳首を捻られた。

「んぅ……っ、や、め……っ」

痛みが走り、俐香は思わず両手で周公を押しのけた。

口づけがほどけ、いったんは自由になったものの、このままで済むはずはない。

「我を押しのけるとはつれないの」

「も、申し訳ありません。ですが、どうかお人払いを……」

俐香は嫌悪を堪えて頼み込んだ。居間には何人も揃っている。衆目のあるなかで、これ以上の狼藉を働かれるのは恥辱だった。

「いいだろう。おまえたちはもう下がっていろ」

周公はそう言って、男妓たちを下がらせたが、配下の男たちはそのまま残っている。

「あの方たちは……」

「あれらは、どんな時も我のそばにいる。いつ、物騒な目に遭うかわからんご時世だからな。ゆえに、気にせずともよいぞ」

周公は軽く言うが、牡丹を実際に抱いたのは、あの者たちだろう。

しかし兄が現れるまで、周公の機嫌を損じるわけにはいかないのだ。

「さあ、邪魔な者はいなくなった。さっそくだが、帯を解け。そなたの肌を見たい」

いきなりの要望に、俐香は息をのんだ。

「ここで、でございますか？」

「そうだ。酒を飲みながら見物させてもらう。我の目の前に立って帯を解け」

周公はそう言って、膳から酒杯を取り上げた。

下がらせた男妓の代わりに、音もなくひとりの屈強な男が近づき、黙って周公に酒を注いでいる。

俐香は覚悟を決めて周公の前に立ち、そっと帯に手をかけた。

周公はいやらしく目を細め、俐香の動きをじっと眺めている。ねっとりとした視線がたまらなく不快だったが、俐香は懸命に自制して帯をゆるめた。胸まで引き上げていた裙が滑り落ち、上の合わせも開いてしまう。

「下衣を捲れ。どんな形をしておるか見てやろう」

俐香はかっと頬を染めたが、従わぬわけにはいかない。

屈辱に奥歯を食い縛りつつ、両手でそろそろと下衣を持ち上げた。

「ほお、なかなか慎ましやかだの。どれ……こうすればどうか」

周公は膳の上から、ぐっと手を伸ばしてきた。そしていきなり俐香の花芯をつかむ。

「くっ」

ぎゅっと力を入れられ、俐香はすくみ上がった。

周公には嗜虐《しぎゃく》の気があるのか、容赦なく揉みしだかれた。痛みを我慢していると、周公はそれきりで手を離す。

だが、俐香がほっとしていられたのは、束の間だった。

「おい、例のものをここへ持ってこい」

「はっ」

命じられた男が、懐から小さな竹筒を取り出して、主に手渡す。

もうひとりの男は、周公と俐香の間にあった膳をさっと横に片付けた。

いったい何をされるのかと、俐香は身を固くしながら見守った。

周公は竹筒の栓を取り、粘性の高い中身をたらりと自分の掌にこぼして、またそば付きの男に戻す。それから二本の指でたっぷり掌の液をすくい取った。

「さあ、これを塗ってやろう。まずは乳首だな」

「そ、それは……なんですか？」

思わず尻込みした俐香に、周公はにやりとした笑みを浮かべる。そしてねっとり濡れた指で、順に乳首を弄ってきた。

「これはの、西方にある後宮で使われている媚薬じゃよ。大層高価なものだが、それだけの効き目がある」

「媚薬……」

俐香はびくりと震えた。しかし周公は乳首だけではなく、下肢にも手を伸ばしてくる。

「あ……っ」

俐香は慌てて腰を退いたが、それより一瞬早く、周公の手が届いてしまう。

「逃げるでない。そこでちゃんと立っていろ」

周公は厳しい声を出し、つかんだ俐香の花芯に、たっぷり媚薬を塗り込めた。

「あ……くぅ」

手で弄くられたせいか、それとも早々と媚薬が効いてきたのか、ずきんとあらぬ刺激が走り抜ける。

だが周公はそれでもまだ満足していなかったのだ。

「尻にも塗ってやるから、そこで四つん這いになれ」

「お願いです。それだけは……後ろはなしにしてください」

「何を言う?」

「わ、私は主上の捧げ物となる身です。その前に、他の方のものとなるわけにはいきません」

俐香は必死に頼み込んだ。

しかし周公には、ふぉっふぉっふぉっと、笑われてしまう。

「女ではあるまいし、男を知っていても、うまく誤魔化せば初物かどうかはわかるまい。さあ、愚図愚図せずに、そこで四つん這いになれ」

「……っ」

俐香は仕方なく床に両膝をついた。

前のめりで両手もつくと、これ以上ないほど屈辱的な格好になる。珀龍にも強いられる体勢だが、この老人を相手にそうするのは、死にそうなほどいやだった。

「白くてすべすべしているの……なんともよい触り心地だ」

周公は下衣をめくり上げ、剝き出しになった双丘を皺深い手で撫でまわす。

いやらしい感触を、俐香は懸命に堪えた。

そのうち、周公は窄まりを剝き出しにして、そこに直接媚薬を滴らせる。

「くっ、ううっ」

ぬるりとした指が蕾に入れられたのは、その直後のことだった。媚薬の滑りを借りて、いきなり奥まで入れられる。

しかも周公は、何度も媚薬を注ぎ足して、丁寧に塗り込めていく。

俐香は必死に呻きを噛み殺し、老人の暴虐に耐えた。

「さて、そのうち効いてくるだろう。それまで酌でもしてもらおうか」

媚薬を塗り終わった周公は、なんでもないように席に戻る。

四つん這いだった俐香は慌てて姿勢を戻し、それから剝き出しの下肢と胸を隠すべく、襦裙の乱れを直した。

酌をせよとのことだったので、懸命に息を整えて酒器に手を伸ばす。

だが、いざ酌をしようと思った時、乳首にちりっとした刺激を感じて息をのんだ。

「……っ」

布で擦れた乳首がきゅっと痛みを感じるほど硬くなる。それだけではなく、花芯もずきずきと疼き、一気に張りつめていく。

「ほお、もう効き出したか……清楚《せいそ》なそなたが、どんな痴態を見せてくれるか、楽しみだの」

周公は狼狽えた俐香に目を細める。

にやりと笑われたが、俐香はもうそれを不快に思うどころではなかった。

いよいよ後孔も恐ろしいほど疼き出したのだ。

「あ、あぁ……っ」

とても我慢できず、俐香はその場に蹲《うずくま》った。

疼きはたまらない痒《かゆ》みになって、襲いかかってきた。乳首がぴんと張りつめ、花芯もぐっと反り返る。自分の手で擦り立てたくなるのを俐香は必死に我慢した。

一番ひどかったのは後孔の痒みだった。何かで掻き回してもらわないと、とても正気ではいられないほどだ。

「ううぅ……うぅ」

身体中を火照《ほて》らせ、俐香はただ呻き声を上げるだけだった。

「そろそろ準備してやれ」

「はっ」

周公の声に、男たちが反応する。

俐香はがっしりした男ふたりに抱え上げられた。

「な、何を……ぅぅ」

「歳のせいでな、そなたを可愛がってやれんのだ。それゆえ、代わりのものでそなたを楽しませてやろうと思ってな」

周公はいかにも優しげに言うが、何か恐ろしいことを企んでいるのは明らかだ。

「お、お願いです。お許しください。兄が……兄が来ます」

俐香は胸を喘がせながら懇願した。

何もなしで切り抜けられるとは、最初から思っていなかった。それでもあの兄に、こんな痴態を見られるのは耐えられない。

しかし周公はあっさり俐香の懇願を無視した。

「耿家の桂迅か……親に似て相当の好き者だという話だな。ひどい目に遭わされた女も多いという。そなたの乱れた姿、見せつけてやればいい。場合によっては、兄に抱かれるというのも一興だろう。兄に犯されて、そなたがどんな顔をするのか、わしも見てみたい」

「そんな……お許しください……っ、お願いです」

あまりの言葉に、俐香は必死にかぶりを振った。

「願い事が多すぎるぞ。さあ、さっさと馬に乗せてしまえ」

「はっ」

周公の命で、男たちが俐香の身体を担ぎ上げた。

そして他の男が部屋の隅から何かを運んでくる。

周公の前に据えられた物体は、馬を模した木造の置物だった。しかし、鞍の部分に突き出しているものを見て、俐香は蒼白になった。天を向いているのは、隆々とした男性器だ。

男たちは俐香の身体を木馬の上まで運び、下肢に絡んでいた下衣を取り去る。そして、無理やり両足を開かせた。

俐香は恐怖で目を見開いたが、男たちの動きは止まらなかった。媚薬をたっぷり塗り込められた窄まりを、巨大な張り型に宛てがわれる。

俐香は必死に抗《あらが》った。でも男たちにぐうっと腰を沈められ、無理やり張り型をのみ込まされる。

「いやだ……いや、ああ――っ、ぐ、ふっ……うぅ」

媚薬のぬめりを借り、張り型が最奥まで突き挿さる。狭い場所を一気に割り開かれて、俐香は仰け反った。

「ふ、くっ……うぅ……う、ふぅ……っ」

巨大なものがみっしりと塡まっている。息をするのも苦しくて、俐香は懸命に胸を喘がせた。

「杭から抜け出さないように、足と手を拘束しろ。それから簡単に達かせないように、前の孔を塞いで根元も縛っておけ。準備ができたら、たっぷり可愛がってやるがいい」

周公が容赦もなく命じ、男たちは黙々と従う。

「やあ、……っ」

俐香は幅広の布で後ろ手に縛られ、足も鐙状《あぶみじょう》の箇所に固定された。

上半身は薄い上衣がところどころにまといついているだけで、下肢は完全に剝き出しだった。媚薬のせいでいやらしくそそり勃った花芯がわしづかみにされ、先端に何か細い棒状のものを挿される。

「やっ、あああっ、く、……うう」

俐香は大きく仰け反ったが、極太の張り型をのみ込んだままでは、男の手は避けられなかった。

蜜をこぼしていた孔の奥まで、細い棒を入れられ、根元も絹紐でくくられた。

堰き止められた欲望が体内をよけいに熱くして、息も絶え絶えになってしまう。

信じられないほど淫らで屈辱的な格好だが、俐香は最後に残った意地で、必死に周公を睨んだ。

だが命を受けた三人の男たちが、いっせいに手を伸ばしてくる。

最初の厳つい顔つきの男は、いきなり右の乳首を口に含み、吸い上げてきた。

「いやっ、やめ……っ」

左側にしゃがみ込んだのはふたり。がっしりした男は、太い指で左の乳首をこね始め、もうひとり顔中に髭を生やした男が、花芯に挿した棒を弄くる。

たまらなかった。ひどい目に遭わされているのに、媚薬の効果が持続して、俐香は無理にも高められていく。

「あああっ、……あ、くうぅ」

いやなのに、身体中が疼いた。

男たちに嬲られると腰がくねり、その反動でまた敏感な内壁が擦れる。そのたびに、さらに強い快感に囚われた。しかも、もうひとり背後にまわった男が、俐香の腰を両手でつかみ、上下に揺すり始める。

極太の張り型が狭い筒を行き来して、いやというほど内壁を擦られた。

「や、ああっ、いや……もう、許して……ああっ、あ、っ」

俐香は切れ切れの悲鳴を上げた。小孔に挿された棒も一緒に揺れて、恐ろしいほどの刺激が走り抜ける。

身体中、至る所を嬲られて汗が噴き出し、叫びすぎて喉がひりつく。

感じたくはないのに、火を噴いたように身体が熱くなって、愉悦の地獄に落とされた。

涙で曇った目に、周公が満足げに口元をゆるめているのが映る。男性としての機能を失ってまで、こんな歪な快楽に耽《ふけ》っているのだ。

「おお、肌が火照って美しいの……口から涎《よだれ》もこぼれておるぞ。そのうち、男が欲しくて欲しくて、もっと狂うようになる。その媚薬は、男の精を受けぬ限り、痒みが止まらぬそうだからな」

周公の言葉で、俐香はさらに恐ろしい現実に気づかされた。

体内を太い張り型で掻き回されているのに、言われたとおり痒みが止まらない。

馬に乗ったように揺らされているだけでは足りなくて、自分からも激しく腰を振りたくなっていた。

その間も、ひっきりなしに乳首や花芯に刺激を受ける。

「あ、……んぅ……ぅ、く」

頭が朦朧となって、もう自分が何をしているかもわからなくなった。

身体を愛撫される気持ちよさと、それを上まわる飢餓で、部屋に誰かが入ってきた時も、羞恥を感じる余裕さえなかった。

「周公、ご無沙汰しております」

「おお、来たか桂迅。待っておったぞ」

「しかし、これはまた、ずいぶんとお楽しみのようで」

呆れたような声を出したのは、桂迅だった。

さすがに今日はこざっぱりした身なりで、遠慮もなく周公の隣に座り込む。

俐香は霞む視界に兄の姿を捉え、ひときわ大きく身体を震わせた。

「桂迅、宋迅殿はいかがした?」

「はあ、父はもう長くないかもしれません。気力が失せたようで、床についたままです」

「そうか、それは気の毒なことだ」

周公と桂迅が話しているのが、切れ切れに聞こえてきた。だが男たちの愛撫はやまず、木馬の背で揺らされてさらに狂わされ、まともにものを考えられなかった。

「うぅ……く、は……あっ、んんぅ」

俐香の身体は快楽を受け入れ、口から漏れる喘ぎも甘みを帯びていくだけだ。

ふたりの男は、俐香の痴態を酒の肴《さかな》にしながら、さらに話を続ける。

「我らのこと、お助けくださるでしょうな？」

「仕方なかろうな……」

「あれのことも、ずいぶんとお気に召していただけたようで……いずれは周公に差し上げねばと、常日頃父も申しておりましたが」

「ふん、わしのところではなく、他に売りつけたではないか」

「敵の動きが予想外に早く、仕方がなかったのですよ。とにかく、我らが捕まれば、一蓮托《いちれんたく》生《しょう》……御身も危うくなることをお忘れなく」

「小面憎いことを言いよる。……にしても、邪魔なのは珀龍よの……あれさえおらねば、奎覇が帝位に即くのを阻止できたかもしれんのに、まんまとやられてしもうたわ」

「やはり、始末しておいたほうがいいでしょう」

「隙を見せぬ男だぞ？　密かにここへ通ってきているようだが、店の外でいつも武官が待機している」

「その俐香が目当てでしょう。あいつは昔から俐香に執着していた。隙があるとすれば、俐香と閨にいる時ぐらい。だから、俐香にやらせましょう」

「言うことを聞かせられるのか？」

「俐香の命の恩人は、我が父、ですからね。くくくっ」

「ほお……そういうことか」

「ここに猛毒を塗り込めた簪を用意してきました。これで珀龍に傷をつければ、あとは死に至るのを待つだけです」

よからぬ相談をするふたりに、俐香はとろんとした目を向けた。

桂迅がつと席を立ち、意識を朦朧とさせている俐香に訊ねてくる。

「俐香……気持ちがいいのか？　いい顔をしている。周公様にもっと可愛がっていただけ。しかし、覚えておけ。これは父上からの伝言だ」

「……養父上……」

俐香はかすかに反応した。

その俐香の頭をかかえ、桂迅が耳に口を当ててひっそりと囁く。

「珀龍を殺せ」

「……珀龍……様……」

精悍な男の顔を思い浮かべた俐香は、うっすらと微笑んだ。

珀龍はいつも優しかった。快楽を教えてくれる時も、決して無理なことはしなかった。俐香はいつも優しく法悦に導かれていた。

最後まで抱いてもらいたいと思ったことが、何度あることか……。冷たい道具ではなく、熱い珀龍自身を埋め込んでほしいと切望していたことを、今になって思い知る。

幼い時から珀龍が大好きだった。珀龍が捕らえられ、都からいなくなって、どんなに寂しかったか……。いつだって、珀龍のことが気になって仕方がなかった。

それなのに、戻ってきた珀龍は、養父の敵になっていた。再会を喜びたくても、それができず、どんなに苦しかったか……。

珀龍に触れられるのは少しもいやではなかった。むしろどんな形であろうと、抱きしめられて嬉しかったのだ。

媚薬で朦朧となった俐香には、もう心にまとう鎧は必要なかった。木馬に乗せられて張り型を咥え、さらに男たちに徹底して嬲られて、自ら腰を振って淫らに悶え狂う。そんな痴態をさらしているからこそ、俐香はもう自分の心に嘘をつく必要がなかったのだ。

媚薬によって蕩かされた俐香には、珀龍への慕わしさだけが残っていた。

「俐香、聞いているのか？」

「……んぅ」

肩を乱暴に揺すられ、俐香は苦悶の呻きを上げた。

ひときわ鋭い愉悦が身体中を駆け抜ける。けれども大波が去ったあとは、再び慕わしい男の顔だけが浮かぶ。

「俐香、おまえの養父のためだ。わかっているのか？　おまえの恩人は誰だ？　おまえは養父のことが心配ではないのか？　おまえの養父は今、助けを求めているぞ。おまえにしか養父を救うことはできないのだ」

「……養父上、を……？」

何度もくり返される言葉に、俐香は吐息をつくように訊ね返した。

「そうだ。おまえの養父だ。恩があるのだろう？　命を助けられたのだからな。今が恩返しをする時だ。珀龍は養父の敵。いいか、俐香。珀龍を殺せ。おまえの手で確実に殺すのだ」

「珀龍、様……を、殺す……？」

「ああ、そうだ。この簪をおまえにやろう。今は手で触れるな。毒が塗ってあるからな。この簪で珀龍を刺せ。どこでもいいから突き刺せ。いいな？　この簪を髪に挿しておいてやろう。忘れるな。これで珀龍を刺すんだ」

嚙んで含めるように、執拗に囁かれた。

珀龍様を殺すのは、いや……。

でも、養父のためなら、命令には逆らえない。でも、いやだ。珀龍様を傷つけるなんて、絶対にいやだ。だけど、養父上のためなら、そうしなくては……。

俐香は相反するふたつの感情で、引き裂かれそうになった。なのに、そんな時でも、身体の奥に溜まった疼きが消せない。むしろ前よりもっと大きなうねりになって、身体中を駆け巡っていた。

「俐香、わかったな。珀龍を殺せ……」

桂迅が悪鬼のように囁いて、俐香の乱れた髷に金の簪を挿す。

「うぅ……う」

俐香は意味をなさない呻き声を上げただけだった。

桂迅は俐香のそばを離れ、周公に暇を告げる。

「それでは、今日のところはこれにて……そちらから迎えを出していただけるのを、お待ちしております。何とぞよしなに……」

「なんだ、もう帰るのか？　これから面白くなるところなのに……俐香を抱いていかんのか？」

「そそられはしますが、妓楼に入る時、妙な風体の者を見かけたので、今日のところは遠慮しておきます。今の境遇から脱したら、存分に抱いてやりますよ」

「そうか、なら好きにしろ」

桂迅は、それで部屋から退出したようだった。

入れ替わりで周公がゆっくり立ち上がり、俐香に手を伸ばしてくる。

「どうじゃ、媚薬の味は？　木馬の張り型では足りなくなってきた頃だろう。おまえの兄は、おまえを抱かずに行ってしもうたが、心配するな。ここには疲れ知らずの逞しい男が四人いるからな。木馬から下りたら、たんと抱いてもらえ」

周公はそう言って、宥めるように俐香の頬を撫でる。

「い、や……許して………いや、だ……っ、ううぅ」

俐香はどっと涙を溢れさせた。

意識は朦朧としたままだ。それでも、珀龍以外の男には犯されたくないと、本能的な怯えに襲われる。

「可哀想にな……だが、おまえの涙は本当に美しいの……うむ、味も絶品じゃ」

周公は俐香の涙をすくい取った指を、美味そうにしゃぶっている。

「甘露《かんろ》、甘露……おまえが達く時、わしが全部のみ干してやるからな。さあ、男たちに可愛がってもらえ」

「……っ」

俐香はぐっと奥歯を嚙みしめた。

もはや、逃れるすべはない。男たちに犯されてしまう。しかし、最奥に感じる疼きももう耐え難くなっていて、このまま許されたとしても、地獄の苦しみなのは同じだった。

だが、その時、突然部屋の扉が開け放たれる。

「無礼な！　何者だ？」

周公の配下が鋭く誰何《すいか》する。

部屋に押し入ってきたのは武装した男たちだった。

「お、おまえは……！」

周公が驚いたような声を上げて、後じさる。

俐香は騒ぎの元へと緩慢に視線をやった。

ずいっと歩を進めてきたのは、軍装姿の長身の男だった。腰から鞘ごと長剣を抜いて、周公の皺の多い首筋に突きつけている。抜き身ではないものの、周公は身動きできずに、その場で固まっていた。

「周公……ずいぶんと勝手な真似をしてくれたな。あれは俺の持ち物だ。人の物を盗んでもらっては困る」

冷ややかに言い放つ男に、俐香は信じられずに目を見開いた。

「……珀龍……様……？」

冷たい横顔を見せ、周公に迫っているのは、間違いなく珀龍だ。

いくら媚薬でぼんやりしていても、珀龍だけは見間違えるはずがない。

でも次の瞬間、俐香は自分の淫らな格好にも気がついてしまった。後ろ手に縛られ、木馬に乗せられている。下肢をさらし、狭間に張り型を咥え込んで……！

「いやっ……ううっ」

俐香は激しく動いて逃げようとしたが、かえって苦しめられてしまう。

取り囲んでいた男たちは、主を守ろうと体勢を整えている。星青楼では武器の持ち込みを禁じていたので、素手で応戦しようという構えだ。

周公はさすがに肝《きも》が据わっているようで、怯えを最低限に抑えている。

「珀龍殿下……で、ございますな。ここは妓楼……剣で脅されるとは、あまりに無粋。色街の仕来りをご存じないのか？」

「ふん、充分に心得ておるわ。だが、例外はある。周公、貴様を捕らえに来た。大人しく同道すれば、剣は抜かん。縛につけ」

「いったいなんのお疑いで？　私はとうの昔に朝廷から去った身。今さら何をお咎めなのか、見当もつきませんな」

うそぶいた周公に、珀龍は傲然《ごうぜん》と顎を上げる。

「古くから耿家に仕えていた者を捕らえた。主を置き去りに、金を盗んで逃げたようだが、賭博場で豪遊しているところを取り押さえた。その男は、おまえが宋迅と結託し、色々と画策してきた悪事のすべてを、見聞きしていたのだ。たいして責める必要もなかった。ぺらぺらと全部しゃべってくれたぞ」

「くっ……宋迅め、家の者に逃げられるとは、なんたる失態」

周公は悔しげに漏らす。

「そういうことだ。観念しろ、周公。八年前、兄上と俺を窮地に追いやった争乱を画策したのは、おまえと宋迅だ。一門の者もすべて捕らえるよう命じた。細部まで洗いざらい調べ尽くしてやるから、覚悟しておくがいい」

「くそっ、あの時、首を刎《は》ねさせておくのであった。さすれば、こんなことには」

「なんとでも言うがいい。宋迅の居場所も知れた。桂迅はここへ来ていたのか？　怪しげな男が妓楼から出ていったそうだが、行き先に心当たりは？」

「知らぬわ。宋迅のところへ戻ったのだろうよ」

「それなら話が早い。今頃は手の者が取り押さえていることだろう。さあ、こ奴らを連れていけ」

珀龍が命じると、武装した兵がいっせいに飛び込んできて、周公主従を取り押さえる。

いくら腕が立つ従者でも、大人数が相手では勝負にならなかった。

珀龍は周公の捕縛を配下に任せると、すばやく俐香の元へと歩み寄る。

俐香は死ぬほどの羞恥で、ぎゅっと両目を瞑った。

今すぐ自分の姿を消し去りたかった。こんな醜悪な姿を珀龍に見られるぐらいなら、死んでしまったほうがましだ。

それなのに、珀龍は黙って俐香の縛《いまし》めをほどきにかかる。

手と足の拘束が解かれ、次には花芯に入れられた細い棒をそっと引き抜かれた。

そのせつな、あらぬ刺激を受けて、俐香はぶるりと震えた。

抑えようと思っても、媚薬に冒された身体が疼いてしまう。

「ううぅ」

俐香は必死に呻きを噛み殺した。なのに、花芯の根元に巻かれた紐を解かれたと同時に、最奥から熱いうねりが迫り上がってくる。

俐香は止めようもなく、びゅくっと欲望を噴き上げた。

「うぅ……、み、見ないで……見ない……で……うぅぅ」

死にそうなほどの羞恥と罪悪感で、ぶるぶると痙攣したように身体が震える。

珀龍は何も言わずに床に落ちていた衣を取り上げ、俐香の肌を包み込む。そして、最後に俐香をそっと抱き上げた。

「く、ふっ、…………っ、ぅ」

ぬるりと巨大な張り型が抜け、どうしようもなくまた身体が震える。

一番見られたくなかった相手に、醜悪な姿をさらしたことが、ただただ悲しく、俐香は涙を溢れさせた。

それでもまだ体内の熱が去ってくれない。このまま舌を噛んで死んでしまいたかった。

八

珀龍の手で七層まで運ばれた俐香は、静かに寝台に横たえられた。

小刻みに身体が震え、口をきくこともできない。

ひどい責め苦から解放され、少しは頭がはっきりしてきたが、それとは逆に、羞恥が増すばかりだった。

どうして珀龍は何も言わないのか……どうして、自分を罵倒《ばとう》しないのか……。

怖くて珀龍と視線を合わせられない。

しかし、ずっと無言だった珀龍は、寝台の端に腰を下ろし、そっと俐香の頬に手を当ててくる。

「許せ、俐香。おまえをひどい目に遭わせた……」

そう謝られたとたん、俐香はふいに怒りに駆られた。

「どうしてですか？　悪いのは私です。私が自分から周公様のところへ行ったのです。それなのに、どうして珀龍様が謝るんですか……っ」

俐香は涙を溢れさせながら、珀龍をなじった。

本当は、こんなことを言う資格などない。

媚薬で頭が朦朧としていたけれど、兄と周公の密談は耳に残っていた。欲望を吐き出して、少しはすっきりしたせいで、聞いた話を筋立てて考えることも可能だった。

八年前の事件の黒幕は、養父だったのだ。そして養父は、俐香のことも周公に売り渡すつもりだった。

清廉の徒だと……稀《まれ》に見る人格者だと、そう信じていた。俐香が敬愛する養父の像は、がらがらと音を立てて崩れ去った。

養父は表の顔と裏の顔を使い分け、そして表の優しい顔だけを自分に見せていたのだ。

養父は優しい言葉で、俐香を思うがままに操っていた。

それが真相だ。

そして珀龍の言ったことは、すべて正しかった。嘘はひとつもなかったのだ。俐香は養父によって目を曇らされ、その珀龍を信じることができなかった。

だから、謝るべきは、俐香のほうだ。

「俺は、おまえを利用した。おまえをこの妓楼に置いておけば、いずれ耿家の者が接触してくるだろうと予測していた。周公もここの上客だ。だから罠《わな》を張ったつもりだった。決着は意外なところでついたが、おまえを利用したことに変わりはない」

「では珀龍様は、この妓楼を見張るために、こちらへいらしていたのですか?」

「ああ、そうだ」

あっさり認められ、俐香は胸が抉られたように痛くなった。

利用されたことはどうでもいい。だが、自分に調教を施すというのも建前だったと知って、気が抜けてしまう。

媚薬で狂わされている間に、俐香は自分の気持ちに気づいてしまった。子供の頃からずっと珀龍皇子を慕っていた。その気持ちが身体に触れられることで、別のものに形を変えていたこともわかったのに……。

もちろん、これは自分だけの身勝手な想いだ。それでも、身体を嬲られたことさえ、皆の目を欺く手段だったと知って、胸に大きな穴が空いてしまったような気分だった。

「でも、私も耿家の人間……ですから、どのような扱いを受けようと、仕方がないことだと思います」

俐香は泣き笑いのような顔でそう言った。

しかし、珀龍は怒ったように俐香を抱きしめてくる。

「どうして怒らない？　俺はおまえを利用した卑怯者だぞ？　おまえは何も知らなかったのに！　だから俐香、おまえは俺を憎め。憎んでいい。おまえにはその資格がある」

珀龍がこんなふうに感情を剝き出しにするのは珍しかった。いつもは必ず一歩退いたところにいて、何事にも冷ややかだったのに……。

「珀龍、様……」

俐香は無意識に、黒革の鎧をつけた固い胸に縋りついた。

周公が捕らえられ、養父と兄の居場所も知れてしまったという。ふたりが捕まるのも時間の問題だろう。

しかし俐香はもう、珀龍に抗うつもりはなかった。

養父がどんなに悪い人間だとしても、俐香はいまだに呪縛されている。養父が自分を生かしてくれたことは事実だ。その後、俐香を利用するつもりで育てたのだとしても、養父が命の恩人である事実は消えない。

それでも、もう俐香は、養父や兄の言いなりになることはできなかった。

兄に耳打ちされた最後の言葉もはっきりと思い出したが、珀龍を殺すことなど、できようはずもない。

養父や兄と一緒に捕らえられ、処刑されるなら、それが一番いいだろう。それが許されないならば、養父と兄がこれからどうなるか、最後まで見届けたいと思う。

そして、今この瞬間だけは、自分の本当の気持ちに正直でいたいと思う。

珀龍が好き。触れられる悦びを知った今は、幼い時の憧れではなく、もっと切実に好きだと思っている。

「俐香、おまえが弄ばれているのを見た時、俺は思わずあの老人を手にかけそうだった。だが、俺も周公と同じだ。本当は必要なかったのに、おまえに触れずにいられなかった。おまえが乱れる姿を見て、何度最後まで抱いてしまおうと思ったことか……おまえには、さぞ迷惑な話だったろうが……」

狂おしく告げる珀龍は、今までの冷淡さが嘘のようだった。

これが自分を利用したことへの謝罪の意味しかなくても、俐香は嬉しかった。

今の言葉は嘘偽りない言葉だと信じられるからだ。

「珀龍様……私は……迷惑だなんて……く、うぅ」

俐香は身内からふいに突き上げてきた疼きに、思わず息をのんだ。

しばらく収まっていたのに、また体内が怪しくざわめき出したのだ。

「俐香、どうした？」

心配そうに訊ねた珀龍に、俐香は息を喘がせながら、かぶりを振った。

媚薬を塗られ、その効果が持続しているとは、恥ずかしすぎて、とても明かせない。

必死に顔をそむけ、珀龍から距離を取ろうとしたが、そのささいな動きで、さらにずくりといやな疼きに囚われてしまう。

「う、くっ……、な、なんでも……うぅ、あ、りません……っ」

「嘘をつくな。顔が異常に火照っているぞ。身体もまるで火を噴いたようだ……まさか、あの老人に、おかしな薬でも使われたのか？」

珀龍は俐香を胸元に抱き寄せ、じっと顔を覗き込んでくる。

「いや……放して……見ないで……っ」

「俐香、答えろ」

いくら迫られても、答えることはできなかった。

しかし珀龍は焦れたように、俐香の下肢に手を伸ばしてくる。

もともと剝き出しだった場所は、上から羽織った襦で隠されているだけだ。珀龍の手は簡単に、俐香の恥ずかしい変化を暴き出してしまう。

太腿をするりとなぞられて、俐香はとうとう高い声を上げた。

「ああっ、や、あ……っ」

花芯がふるりと震えながら勃ち上がり、後孔では激しい痒みを感じた。

「周公の奴、やはりあの場で首を刎ねておくべきだった。俐香、だが、大丈夫だ。俺がおまえの火照りを静めてやる。何も恥ずかしがることはない。媚薬を塗られたのだろう？　何度か精を吐き出せば、そのうち効果が薄れる」

珀龍はしっかりと俐香を抱き、宥めるように言う。

「あ、ふ、……っ」

すでに身体中を熱くした俐香は、珀龍に縋りつくしかなかった。

「俐香、泣くな。今さらこんなことを言っても信じられないだろうが、俺はおまえを守りたかった。宋迅に騙され、信じきっているおまえの目を覚まさせてやりたくて、ずいぶんひどいことをした。しかし、それも、おまえを守ってやりたかったからだ。そうじゃないと、おまえは自ら命を絶ちかねなかった。だから、俺はおまえに憎しみを植えつけて、なんとか生かしてやりたいと……。いや、違うな……俺はただおまえを……」

珀龍はそっと俐香の身体を寝台に横たえた。それから腰の剣を外し、黒革の鎧も取り去って、寝台に乗り上げてきた。

「珀龍……様」

「俐香、俺が楽にしてやる。だから心配するな」

珀龍は食い入るように俐香を見つめ、剝き出しの太腿をすうっとなぞり上げてきた。

たったそれだけのことで、思わず極めてしまいそうなほど感じてしまう。

「ああっ……んぅ」

俐香は淫らに腰をくねらせながら、甘い喘ぎをこぼした。

珀龍は焦らすことなく、そそり勃った花芯を握ってくる。大きな手で包み込まれ、根元からゆっくり擦られただけで、俐香はあっけなく最初の精を吐き出した。

「やっ、あぁぁ……ぅ」

「もう達ったのか……なんと可愛らしい顔をするものだ」

くすりと笑われて、俐香は思わず両手で顔を隠した。

「いや、だ……見ないで……っ、は、恥ずかしい……」

けれども珀龍は、俐香の手をやんわりとどけてしまう。

「可愛い顔を隠すな。それに、これで終わりではないだろう？　そら、また大きくなってきたぞ？」

珀龍は吐き出したばかりの花芯を、また弄び始めた。根元から残滓《ざんし》を絞り出すように手を動かされると、そこは瞬く間に芯を持って、再び硬く張りつめる。

あまりのはしたなさに涙がこぼれたが、珀龍はその涙まで舌で舐め取ってしまう。

珀龍の手は胸にも伸ばされ、硬く尖った乳首をきゅっと摘まれた。

「ああ、んっ」

媚薬が塗られた尖りは、恐ろしいほど敏感になっている。少し触れられただけで、また極めてしまいそうになるほど感じた。

それでも、もっと疼いている場所がある。その恥ずかしい場所にも刺激がほしくて、俐香は淫らに腰をくねらせた。

珀龍はその様子に気づくと、ふっと口元をゆるめる。

そのまま胸から腰骨へと手を滑らされ、俐香はびくっと震えた。

「ここに、欲しいのか？」

珀龍の手は後孔に回り、蕩けた窄まりを指で撫でてくる。

「ああっ」

大きく仰け反った瞬間、珀龍の指がぬるりと後孔に埋められた。

巨大な張り型で散々蕩かされていた場所は、貪欲に珀龍の指をのみ込んでいく。

「すごく熱くなっているな」

そんな言葉とともに、ぐるりと指を回されると、ひときわ強い悦楽を感じた。

でも、指一本ではとても足りない。もっと大きなもので埋め尽くしてもらわないと、この飢餓はなくならない。

「やっ、ほし……っ、もっと……そこ、痒い……っ、もっと、ああぁ、んっ」

俐香は恥ずかしさも忘れ、夢中で腰をくねらせた。ぎゅっと珀龍の指を締めつけて、催促する。

「そんなに煽られては、たまらんな」

珀龍は怒ったように言い、指を引き抜いてしまう。

「あ、んぅ」

俐香が甘えた声を上げると、珀龍はすばやく自らの衣を脱ぎ捨てた。

現れた逞しい裸体を、俐香はうっとりと見つめた。今まで何度も肉茎を咥えさせられてきたが、珀龍が肌を見せたのは初めてだ。

しかし、きれいに筋肉のついた胸には、醜い傷痕があった。

「こ、これは……?」

我知らず、その傷痕を指でなぞると、珀龍は自嘲気味の笑みを浮かべる。

「なんでもない。鉱山で暴れた時に鞭で打たれた。それだけだ」

「鞭……」

珀龍はどうでもいいことのように言うが、傷は一箇所ではなく無数に残っている。

皇子の身分を剝奪され、鉱山に送られていた間、いったいどれほどひどい扱いを受けたのだろう。それも皆、養父のせいだったと思うと、俐香は胸がせつなくなった。

「俐香……泣かなくていい。これしきのこと、なんでもない。おまえが悪いわけでもない。それより、身体が疼くのだろう？　ここも、蜜をこぼしているぞ？」

珀龍はふっと口元を綻ばせ、再び俐香の花芯に手を伸ばしてくる。

先端を指でくすぐられ、俐香は思わずびくっと震えた。

頭では珀龍のことを考えていたのに、身体は別もののように節操がなくていやになる。

なのに、珀龍はいきなり俐香の腰をかかえてきた。

「ああっ……っ！」

花芯をすっぽり口で咥えられ、俐香は悲鳴を上げた。

温かな口に迎え入れられるのは、気が遠くなるほど気持ちがよかった。

珀龍は俐香の花芯を口で弄びながら、後ろにも手を伸ばしてくる。尻の肉をつかまれたかと思うと、次には窄まりに指を突き入れられて、俐香はぶるっと腰を震わせた。

「あっ、や、あぁ……く、っ」

前後を同時に愛撫され、また一気に上り詰めそうになる。だが珀龍は俐香が吐き出しそうになると、すっと口を離してしまった。

「あ、うぅう、んっ」

必死に胸を喘がせると、自然と中の指を締めつけることになる。そして、指で敏感な壁を擦られているのに、もっと掻き乱してほしくてたまらなかった。

「俐香、淫らなおまえが可愛い」

珀龍は胸の突起も交互に口に含み、時折歯を立ててくる。凝った先端を刺激されるたびに、腰をくねらせ珀龍の指を締めつけた。

「やあ……、もう、駄目……、あぅ、も、もっと……あ、ああん、ふ、くっ……ほ、欲しい……もっと……ああ、うぅぅ」

快感に囚われた俐香は、奔放に腰をくねらせてさらなる快楽を求めた。

滑らかな額に汗が滲み、吐く息がますます甘くなる。

珀龍も我慢できなくなったように、指を引き抜いた。すぐさま腰をかかえ直されて、大きく足も大きく開かされる。

下肢を乱した珀龍は、獰猛《どうもう》に張りつめた自身の肉茎をつかんだ。

ちらりと目に入ったそれは熱く滾《たぎ》り、太い先端をぬるりと光らせている。

恐れを抱き、ぶるりと震えた瞬間、蕩けた狭間にその巨大な肉茎が擦りつけられる。

「入れるぞ、俐香」

「んっ」

頷く暇もなく、珀龍の逞しいものが狭い蕾を割り開く。ぐいっと一気に最奥まで貫かれ、俐香は声にならない悲鳴を上げた。

「……んっ！」

みっしりと奥の奥まで逞しいものが埋め込まれている。

硬い翡翠や木の棒ではなく、熱く息づく珀龍が敏感な壁を押し広げて、俐香の中に居座っていた。

「俐香……おまえを愛しく思っている」

「あ、……珀龍……様……あぁ、んっ、熱い……、熱くて……大きくて……あぅ」

「俐香、気持ちがいいか」

「んんっ、気持ち、いい……」

俐香は細い腕を珀龍の首に絡め、素直に打ち明けた。

淫らな自分に羞恥が湧くが、それ以上に珀龍と結ばれたことが嬉しかった。ぴったりと隙間なく熱い珀龍とひとつになっている。

「ずっと、こうやっておまえを抱きたかった。おまえに快楽を教えながら、おまえとひとつになることを切望していた」

「……珀龍、様……っ」

「俐香、もうおまえを離さない。ずっとおまえをそばに置く。そして朝でも昼でも晩でも、こうやっておまえを抱く。いいな、俐香?」

「……嬉し、……っ、んんぅ」

話しているだけだというのに、珀龍を咥え込んだ場所が勝手にうねる。

これ以上ないほど無理やり広げられているのに、蕩けた内壁がぎゅっと珀龍を締めつけた。

「くっ、そんなに締めつけるな。我慢が利かなくなるだろう」

珀龍は呻くように言い、すぐさま大きく腰を動かし始めた。

「ああっ、あっ、くふ……ぅ」

思いきり引き抜かれると、太い先端で一番敏感な場所が擦られる。愉悦が噴き上げ、目眩がしそうだった。

珀龍はいったん引き抜いたものを、再び深く突き挿してくる。そのうえ腰を引きつけられて、一番深い場所を掻き回された。

「やっ、ああっ」

がくがく揺さぶられて、俐香は懸命に珀龍にしがみついた。

汗ばんだ肌が密着し、そそり勃ったものが互いの腹の間で揉みくちゃになる。

太い男の肉茎で犯されるのが、こんなに気持ちいいとは今まで知らなかった。逞しい珀龍の重みを全身で受け止められることが嬉しかった。

珀龍は突いたり回したり、多彩な動きで俐香を翻弄する。そのたびに、艶めいた声があたりに響き渡った。

「も、駄目……達く……ああっ、あ、うぅ」

「俺ももう保たない。おまえの中は気持ちがよすぎる。一緒に達くぞ、俐香。おまえの中を満たしてやる」

「んっ、気持ち……いいっ、あ、ああっ……、珀龍……様っ」

甘い声を上げると、珀龍が急に激しく動き出す。

弾みをつけるように突き上げられて、太い先端で最奥を掻き回される。

深く繋がったままで腰を左右に振られると、たまらなかった。

「あああ、……んっ、んっ、うぅ」

俐香は自分からも腰をくねらせて、貪欲に快感を貪った。

黒髪が乱れ、汗が滴る。息が上がって、それでも必死に珀龍にしがみついた。

「もっとだ。俐香。もっと感じろ」

「……ああっ、もっと……もっと、欲しい……っ、ああっ」

あられもなく腰を振って、淫らな嬌声を上げる。

珀龍は俐香の両足をつかんで折りたたみながら、さらに激しく突き入ってくる。あらわになった場所に、太いものを出し入れされると、乱暴な動きで中の粘膜がよじれた。それでまた熱い刺激が湧き上がる。

「さあ、おまえの中に全部出すから、余さずにのみ込め」

珀龍はひときわ大きく腰を動かし、最奥に達したところで熱い奔流を叩きつけた。

「やあ、ああっ、あ、んんぅ！」

俐香もいちだんと高い声を上げながら、欲望を吐き出す。

身体の隅々まで珀龍で満たされ、俐香は涙を溢れさせた。

しっかりと抱きしめられて、唇も塞がれる。

「んぅ」

隙間などどこにもなくて、珀龍と完全にひとつになっていた。

「俐香……」

口づけがほどかれ、とろんとした目を向けると、珀龍がじっと見つめてくる。今まで冷たいだけだと思っていたのに、珀龍の目には優しく慈しむような光が宿っていた。

「珀龍……様……」

俐香は頬を染めながら、好きでたまらない人の名を呼んだ。

だが珀龍は、ふいに端整な顔をしかめる。

「まだだ。おまえも足りないだろう」

「え?」

訊ね返す暇さえなく、いきなり珀龍が動き始める。

俐香の中で達したはずなのに、珀龍は少しも衰えていなかった。むしろ、さらに獰猛に張りつめて、俐香を貪りにかかっている。

「や……そんな……まだ……っ」

俐香は我知らず首を振ったが、珀龍はその俐香の腰を両手でつかみ、ぐいっと抱き上げてきた。

「あああっ!」

繋がったままで無理に動かれ、擦れた内壁でまた新たな熱が生まれる。

しかも珀龍の腰の上で座り込むような格好にされて、より深く肉茎をのみ込まされてしまった。

仰け反った俐香の腰を、珀龍は好き放題に動かす。

続けざまの行為に、俐香はいっそう乱れていくだけだった。

「うぅ、……ああっ、ん」

「俐香、鏡を見ろ。おまえがいやらしく俺をのみ込んでいるのが映っているぞ」

珀龍はそう囁いて、俐香の首を奥の壁に向けさせる。

寝台の向こうは一面の鏡張りだった。そこに燈火に照らし出されたふたりの姿が映っている。俐香の蕾が貪欲に珀龍の逞しい肉茎をのみ込んでいく様が、すべて映し出されていた。

「やっ、恥ずかし……っ、こんなの、いや」

「でも、感じるだろう」

「いや」

俐香は甘えたように珀龍の胸に面を伏せた。でも珀龍は俐香の耳に口を寄せて、もっと恥ずかしいことを言い出す。

「俐香、せっかく上になっているのだ。自分で動いてみたらどうだ？　おまえのいいところに当たるように、自分で腰を振るんだ」

「やっ」

あまりに恥ずかしい台詞に、俐香は思わずかぶりを振った。

けれども、そそのかすように、小刻みに突き上げられると、結局は気持ちよさに負けてしまう。俐香はいつの間にか、自分でもいやらしく腰を振り始めていた。

愉悦が湧き起こり、意識が朦朧としてくる。

その俐香の耳に、珀龍が熱い囁きを落とす。

「俐香、好きなだけ抱いてやる。だからもっといやらしく乱れた顔を見せろ。おまえは俺だけのものだ。これからもずっと、俺だけのものだからな」

俐香はうっすらと微笑んだ。

「……嬉しい……珀龍……様……ずっと、おそばに……いたい……」

それを最後に、俐香は珀龍に揺さぶられて、嬌声を上げるだけになった。

ひと晩中、何度も体位を変え、溢れるほどの熱を最奥に注ぎ込まれる。

けれども俐香は、どこかで思っていた。

これが最初で最後……。

だから、ずっと終わりがこなければいいと願うだけだ。

†

チチチとかすかな小鳥の囀《さえず》りで、俐香は目を覚ました。

燈火はすでに消えており、外が明るくなり始めている。

俐香は寝台からゆっくり半身を起こした。身体がだるく頭痛もしていたが、俐香は満ち足りた気分で微笑んだ。

昨夜、珀龍に激しく抱かれたのだ。しかも道具ではなく、珀龍は熱い自分自身を俐香の中に埋めてくれた。恐ろしく淫らなことを口走り、あられもなく腰を振っていたことを覚えている。

恥ずかしくてたまらなかったが、それでも珀龍と結ばれたことが嬉しかった。

だが、俐香はそのあと、深いため息をついた。

珀龍に抱かれたからといって、喜んでいていいはずがない。

八年前の事件で、養父と兄が非道な行いをしていたことを知った。養父が自分を周公に売ろうとしていたことも知らされた。

その周公は、昨夜のうちにこの妓楼で捕縛され、居所が知れてしまった養父と兄も、そのうち捕まってしまうのは確実だった。

血の繋がりはないが、俐香も耿家の人間だ。ひとり安穏としていられるわけがなかった。

盲目的な敬愛はさすがに薄れたが、それでもまだ俐香は養父が無事であればと思っていた。

どんな非道な人間だろうと、俐香が命を救われた事実は消えない。自分にとっての養父は、いまだに恩人だった。

珀龍は自分をずっとそばに置くと言ってくれた。でも、耿家の罪が許されたわけじゃない。

そして俐香の身分は星青楼の男妓だ。珀龍が自分をどうするつもりなのか、まだわからなかった。

俐香は再びため息をつき、無意識で乱れた髪に手をやった。その時、ふいに簪のことを思い出す。

「ない……。あれはどこへ行ったのだろう?」

兄が毒を塗り、これで珀龍を殺せといった簪だ。すっかり忘れていたけれど、頭から外した覚えもなかった。

枕元に視線をやると、小さな花びらを集めたような意匠の、金の細い簪が布団の隙間に落ちていた。昨夜の行為で、頭から抜けてしまったのだろう。

猛毒が塗られた簪なのに、こんな場所に落とすとは、迂闊《うかつ》にもほどがある。もし、掃除に来た桃花や桂花が誤って触れたらと思うと、背筋がぞっとなった。

俐香は花の部分を慎重につかんで簪を取り上げた。

その時、ちょうど閨の外から珀龍の呼ぶ声がする。

「俐香、起きているか？」

「……はい。今、そちらへ……」

俐香はうっすらと頬を染め、寝台から抜け出した。

肌が透けてしまう薄物の下衣を着ていたが、これでは珀龍の前に出られない。俐香は卓子の上に畳んであった袍を取り上げて、下衣の上からふわりと羽織って隣室に向かった。

居間では紺色の軍衣を着た珀龍が、腕組みをして立っていた。鎧と剣はまだ帯びていないものの、ずいぶんと厳しい顔つきをしている。

俐香の姿を見ると、珀龍はすぐに歩み寄ってきた。そしていきなり俐香の細い身体を抱きしめる。

「俐香……」

「珀龍様……」

温かな胸に抱かれると、羞恥が込み上げてくる。それでも珀龍が今朝まで妓楼に残っていてくれたことが嬉しかった。

だが珀龍は、俐香を抱きしめたままで動こうとしない。かすかに首を傾げると、ようやく珀龍は腕の力をゆるめた。

「俐香、おまえに知らせなければならないことがある」

硬い声と表情に、心の臓が不穏な音を立てる。

じっと見上げていると、珀龍はますます苦しげな表情になった。

「俐香……宋迅殿は亡くなられたそうだ」

「！」

珀龍が発した言葉が胸に落ち、俐香は真っ直ぐ立っていられないほどの衝撃を覚えた。

まさか、捕縛に行った兵に斬られたのか？

珀龍が、まるで俐香の声が聞こえていたかのように真相を明かす。

「宋迅殿は伏せっておられたようだ。手の者が宿に踏み込んだ時は、すでに事切れていたと報告があった」

喉に熱い塊ができ、俐香は辛うじてそれをのみ込んだ。

「それで……兄は？」

「桂迅は、宋迅殿の遺体を運び出しているところへ戻ってきたそうだ。桂迅は激しく抵抗し、結局は捕縛できなかったとのこと。だが、桂迅はかなりの深手を負ったそうだ。あれではおそらく助かるまいと……」

俐香は長い間、身じろぎひとつできなかった。

養父は死んでしまった。もうこの世にはいない。兄もまた深手を負って、死出の旅につこうとしている。たったひと晩で、すべてが終わってしまったのだ。

――小香、そなたは自分の幸せだけを考えていればよい。

――俐香、珀龍を殺せ。

養父と兄の言葉が、交互に蘇《よみがえ》る。俐香はぎゅっと簪の飾りを握りしめた。

「俐香、すまない」

珀龍が深い声で言い、俐香はふいに怒りに駆られた。

「どうして、ですか？　どうして珀龍様が謝るのですか？　珀龍様は何も悪くないのに……だって、身体中にあんな傷を負うほどの目に遭わされたのは、養父上のせいだったのでしょう？　主上が足を悪くされたのは、兄のせいで……っ」

やりきれない思いを迸《ほとばし》らせると、珀龍がすっと手を伸ばしてくる。

逞しい胸に引き寄せられて、俐香は涙をこぼした。

「血の繋がりがないとはいえ、おまえにとって宋迅は養父、桂迅は兄だ。俺はおまえの家族を殺した仇《かたき》。それに違いはなかろう。だから恨《うら》んでいい。おまえを理不尽な目に遭わせたことも合わせ、おまえは俺を憎んでいいんだ」

珀龍は俐香を抱きしめ、苦しげに言う。

俐香は簪を握りしめながら、その低い声を聞いていた。

優しかった珀龍を長い間苦しめてきたのは養父だ。でも珀龍は養父の敵……。

その事実が消えることはない。

そしてどんなに悪い人であったとしても、養父が自分の恩人である事実も消えないのだ。

——小香、そなたは自分の幸せだけを考えていればよい。

——俐香、珀龍を殺せ。

養父と兄の声が頭の中で交互に木霊《こだま》する。

残された自分こそが仇を取るべきだ。非力な自分でも、この簪があれば仇を取れる。

ほんの少し傷をつけるだけでいい。それで身体中に猛毒がまわって珀龍を殺せる。

でも、……できるはずがなかった。

子供の頃から大好きだった珀龍を、この手で殺めるなど……いつの間にか、こんなにも狂おしく好きになってしまった珀龍を、自分の手で殺すなど……できるはずがなかった。

それぐらいなら、いっそ自分が死んだほうがいい。

恩ある養父には、地獄で謝ればいい。仇が取れず最後まで役立たずだったことを、死んだあとで、謝ればいいのだ。

決意を固めた俐香は、小さく身体をよじって珀龍の腕の中から抜け出した。

「珀龍様……珀龍様を恨んでなどおりません。だから、私のことなど気になさる必要はないのです」

俐香はそう言って、珀龍を見上げた。

高い鼻梁と引き締まった口元……凜々しい眉に涼やかな双眸……逞しい身体も、荒々しく抱かれたことも、全部、地獄に堕ちても忘れないように、目に焼き付けておきたい。

「俐香……?」

あまりにも真剣に見つめたせいで、珀龍が怪訝そうに呟く。

その珀龍に向けて、俐香はきれいに微笑んで見せた。

長い間見つめていると、未練が残る。

だからすぐにくるりと後ろを向いて、簪を握る手に力を込めた。

そして一気に自分の喉元目掛けて簪を振り下ろす。

「何をする!」

「ああっ……!」

猛毒の先端が肌に触れる寸前、腕をねじ上げられた。紙一重のところで簪を取り上げられ

てしまう。

「馬鹿者！　こんなもので死ねるものか！」

珀龍は俐香の腕を押さえながら怒声を放つ。

「死なせて！　死なせてください！」

俐香は涙ながらに訴えた。だが珀龍は険しい顔で俐香を睨みつける。

非力な俐香では、いくらもがいても、まったく歯が立たなかった。

「それを返して……返してください……っ……もう、生きている甲斐がない。だから、お願い……死なせてください……その簪を、返して……」

「簪？　……まさか……毒か？　これに毒が塗ってあるのか？」

「……っ！」

言い当てられて、俐香はいっそう涙を溢れさせた。

それが答えだと知った珀龍は、不快げに眉根を寄せる。

「そうか、昨夜だな。これを渡されたのは。木馬に乗って腰を振りながら悶え狂っていた時、おまえはこの簪を挿していた。桂迅あたりから言い含められたか……どこまでも卑劣な男だ」

冷ややかに言いきった珀龍に、俐香は力なく首を左右に振った。

昨夜見せた痴態は媚薬のせいだ。そんな言い訳も今となっては詮ない。ただ己の醜悪な姿を珀龍に見られたことが恥ずかしく、悲しいだけだった。

珀龍は俐香の腕をねじ上げたままで、軍袍《ぐんぽう》の襟元に簪を仕舞う。

自裁《じさい》する手段を奪われて、俐香は憑《つ》きものが落ちたように脱力した。

その俐香を、珀龍はぐいっと抱きすくめてくる。

「いいか、俐香。勝手に死ぬことは許さん。おまえは俺への貢ぎ物。おまえの養父がそう決めたのだろう? だったら最後までその命に従え」

「わ、私は……」

「養父が死んだからといって、許されると思うな。おまえは今も、そしてこれからも、ずっと俺のものだ。ゆえに、俺の命に従ってもらおう。死ぬことは絶対に許さん」

冷たく響く声に、俐香は胸を抉られるようだった。

昨夜見せてくれた優しさは、もうどこにも残っていない。珀龍は冷酷な男に戻っていた。

「………」

無言で唇を震わせていると、珀龍が再び冷ややかに告げる。

「近いうちに迎えを出す。それまでここで待っていろ。いいな?」

珀龍はそう言ったかと思うと、いきなり俐香の顔を仰向けさせる。

嚙みつくように口づけられたのは、その直後だった。

九

「俐香様、また素晴らしいお品が届きましたよ？」

「わあ、なんてきれいなんだろう」

「さすがは俐香様ですね。落籍《らくせき》のために、これほど立派な贈り物が続々送られてくるなんて」

七層の部屋には華やかな色彩が溢れていた。

部屋中に襦裙《じゅくん》やら帯やら袍やらが広げられ、桃花と桂花、そして遊びに来た牡丹が、皆で興奮気味に騒いでいるのだ。

「ほんとにお輿《こし》入れのお支度みたいですね」

「私も俐香様のように、立派な殿方に嫁ぐ花嫁になりたい」

「馬鹿なことを……俐香様はお美しいけれど、女ではないのだから」

無邪気に言う桃花と桂花に、牡丹がやんわりと注意する。

「そんなのどっちだっていいじゃないですか」

「そうですよ。だって、ほんとにきれいで花嫁みたいなんだから」

「もう、おまえたちは」

冗談を言い合う三人の表情は明るい。

届けられる品は衣装に限らなかった。身のまわりを飾る小物や、高価な墨や筆、硯《すずり》、美しい紙といったものや、俐香の得意な楽器などもあった。

贈り物はすべて珀龍からだった。

俐香は珀龍に落籍されるといった体裁で、迎えを待っているところだ。

事情を何も知らずはしゃぐ三人を眺め、床几に腰かけた俐香は小さくため息をついた。

養父が亡くなり、兄もまた命を落としたことが知らされた。

それからひと月ほどが経っている。

自裁を禁じられた俐香は、この七層で毎日をただ静かに過ごしていた。珀龍は一度も妓楼を訪れなかったが、迎えの来る日が決まり、こうして贈り物が届けられているのだ。

あの日以来、俐香は大きく感情を動かされることがなくなった。

話しかけられれば答えもするし、笑みを浮かべることもある。

けれども、胸に大きな穴が空いてしまったようで、何を見聞きしても気持ちが揺らぐことがなかった。

珀龍を思う時だけは、苦しくなることもあったが、それも再会の日が近くなるにつれて、収まってきていた。

自分がなんのために呼ばれるかを考えれば、心に蓋《ふた》をしておくのが一番だろう。

感情というものがなくなってしまえば、生きていくこと自体はそう難しくない。

そうして俐香は、この妓楼で、牡丹をはじめとする男妓や、見習いの子たちに、楽器や舞、詩などを教えながら暮らしていたのだ。

「あっ、青蝶様がお見えになられました」

桂花が明るい声を上げる。

部屋に入ってきた青蝶は、相変わらず玲瓏とした雰囲気で、すっと室内に目をやる。

「俐香様に話がある。ここの片付けはあとにして、おまえたちは少し席を外しなさい」

「わかりました」

「それでは、のちほど」

青蝶に命じられ、三人はくすくす笑いながら、部屋を出ていく。

ふたりになったとたん、室内はいっぺんに静かになった。

青蝶は床几に腰かけた俐香の前まで進み、自分も向かいに座る。

窓から明るい陽射しが差し、春めいてきた庭の様子も眺められる場所だ。

「俐香様、いよいよこちらを出ていかれる日が決まりましたが、あなたは大丈夫、なのですか？　ずっと沈んだお顔をしておられる」

「青蝶様……私は何も……」

俐香はそう答えたが、青蝶は納得していないように嘆息する。

俐香に向けられた眼差しには、咎めるような色があった。

「珀龍様の元へ行くのが、おいやですか？」

「そんなことは……」

「もし、どうしてもいやだと言うのであれば、あなたにはもうひとつ選択肢があります」

「え？」

思いがけないことを言われ、俐香は小さく首を傾げた。

「珀龍様の元へ行くのがいやなら、こちらで男妓になっていただいてもかまわないのです。もちろん珀龍様はお許しにならないでしょう。ですが、それもあなたのお気持ち次第です。その際には私も口添えいたしましょう」

「私が、星青楼の男妓に……」

俐香は呆然と呟いた。

「今までのようにはいきません。男妓として生きるということは、ここで客を取るということです。あなたには今のところ借りはありません。ですから、お客を選ぶことはできます。しかし、選びに選んだとしても、お金で身体を売ることに変わりはありません。それなりの覚悟は必要です」

青蝶は静かな口調で説明する。

見知らぬ男に金で抱かれる……。

琥龍ではない男に肌を見せ、媚《こび》を売って身体を繋げる……。

本当にそんなことが、自分にできるだろうか？

けれども、俐香の心は少なからず動かされていた。

琥龍の元へ行ったとしても、同じことだ。自分だけが一方的に好きになり、琥龍自身はむしろ俐香を持て余しているだろう。

昔、可愛がっていた子供だから……耿家の者を捕らえるのに利用しようと思ったから……。

琥龍は基本的に優しい人だ。だからこそ、負い目がある分、面倒を見てくれようというのだろう。

琥龍に抱かれて肉の悦びに耽る。何も考えずにいられれば、それもいいことなのかもしれないが……。

心をなくして生きるのは、琥龍の元でも、この星青楼でも、変わりはない。

俐香がぼんやり考えていると、青蝶が再び口を開く。

「俐香様、少し昔話をしましょう。私が以前、耿家で世話になっていたことは、お聞きになりましたね？」

「はい」

「私は、さるお屋敷で使役されていた奴婢の子でした。父親が誰かはわかりません。でも、奴婢の子供にしては恵まれた暮らしをしていました。しかし、主の家が没落してしまい、私は母親とともに市で売りに出されました」

青蝶は淡々と語るが、俐香は思わず胸を痛めた。

幼い頃の記憶はないけれど、自分と共通するところがあったからだ。

「そして、私を買ったのが耿宋迅様です」

「養父上が……」

「宋迅様は、私がきれいな顔をした子供であることに目をつけ、屋敷に引き取ってから、様々なことを教えました。朝廷で幅を利かせている男たちは好き者揃い。私という餌を与えて、自分に都合のいい人脈を作るためです」

青蝶はそう言って微笑んだ。

敬愛していた養父の裏の顔を、またひとつ知らされて、俐香は胸の内で嘆息した。

自分もいずれは同じ道を辿ることになっていたのだろう。

「俐香様、私はあなたのことも知っていますよ？　まだ幼くて、目に眼帯をなさっていた」

「眼帯……」

その言葉に刺激され、俐香の脳裏には屋敷で出会った美しい人の面影が過《よぎ》った。

耿家の屋敷は広大で、滅多に顔を合わせることはなかったけれど、記憶に残る十五、六のきれいな少年……それが青蝶だったのだろう。

「そう、あなたに初めてお会いしたのは、ほら、ここからも屋根が見える、あの寺院です」

「えっ？」

「あの日、耿家には珀龍殿下がお見えでした。宋迅様は、珀龍殿下に民の在り方をお見せするのだと、私をはじめ何人かのお供を連れて、寺院の市を見学しに行きました」

青蝶は淡々と語るが、俐香の鼓動は徐々に高鳴っていく。

「市では奴婢の子供が売られていました。痩せてぼろぼろになった小さな子供で、買い手がつかず、仲買人はひどく怒っていた。お優しい殿下は、その子を可哀想に思われ、助けてやれと命じられたのです」

「！」

心の臓がひときわ大きく跳ねた。

「宋迅様は渋っておられました。奴婢の子供は傷だらけで、ひどく醜かった。命を取り留めたとしても、美しく育つとは、到底思えなかったからでしょう。宋迅様は猛反対しましたが、殿下も退こうとはなさらなかった。それで宋迅様は、最後にこう言いました。殿下、この奴婢の子供は殿下がお買いください。殿下が買われたならば、仕方がないので、臣が殿下の代わりに世話をしましょう。しかし、これは殿下がご自身でお買いになる奴婢です。それをどうぞ、お忘れなきようにと……」

「……っ」

俐香は涙を溢れさせた。

ずっと宋迅が自分を買ってくれたのだと思っていた。でも、違ったのだ。

自分を買って、命を助けてくれたのは、珀龍だった……！

「珀龍様が明かされていないことを、私が代わりにお話しするのは筋違い。ですから、ずっと黙っていようと思っていたのですが……」

自嘲気味な笑みを浮かべた青蝶に、俐香はようやく訊ね返す。

「ど、どうして、珀龍様は、そのことを、私に……っ、か、隠して、おられたの、ですか？」

嗚咽が込み上げ、まともに話すこともできない。

しかし青蝶は、ゆるく首を振っただけだ。

「それは、珀龍様に直接お訊きになったほうがよいのでは？」

「では、青蝶様はどうして、私にこの話を？」

「最初は立ち入らないでおこうと思いました。でも、あなたのことが、そう……弟のように思えたせいでしょうか。……この妓楼には、様々な問題を抱えた者たちが集まってくる。すべての者を助けてやることはできません。でも、皆、己の力だけで、けっこう逞しく生き抜いてますよ？　そうでしょう、俐香様？　……さて、私は下でやることがあるので、これで失礼しますよ」

青蝶はそう言って優雅に立ち上がった。いつも凛とした雰囲気をまとっているのは、不幸な境遇に負けずに、常に戦ってきたからだろう。

そして俐香はふと思い出したことがあって、青蝶を呼び止めた。

「あの、青蝶様。以前、宮中へお出かけだったのは、なんのためだったのですか?」

「ああ、宮中へね……たまに参りますよ。借金の取り立てです。科挙《かきょ》の時期は特に多いのです。試験に受かった者が、役所持ちで大勢妓楼に遊びに来ますから」

飄々《ひょうひょう》と答えた青蝶は、それきりで部屋を出ていく。

俐香は、その姿が見えなくなった時、急におかしくなって、声を出して笑っていた。

†

三日後——。

俐香は珀龍から差し向けられた車に乗って、星青楼を出た。

身につけているのは珀龍から贈られた礼服だ。

若草色の上衣に、深緑の帯。袖口と重ねた襟、そして蔽膝にも同じ深緑があしらわれている。帯鉤や佩飾などの飾り物は翡翠を使い、艶やかな黒髪はすべてを結い上げず、背中に流していた。

妓楼ではないので化粧はしていないが、それでも俐香の美貌は引き立っていた。

青蝶から思ってもみなかった真相を知らされて、俐香は新しく生まれ変わったような心地だった。

長い間、養父が恩人だと思い込み、それに縛られてきたが、本当は珀龍こそが、命の恩人だったのだ。

養父には、育ててもらったことへの感謝の気持ちが残っている。でも、今まで胸を塞いでいた重苦しさはなくなった。

虫のいい話で、ずいぶんと身勝手だけれど、これからは珀龍のことだけを考えて、生きていきたいと思っていた。

もう自分の気持ちを隠すのもやめる。

珀龍に、心から好きだと、伝えたい。

なんと言われるかはわからないけれど、そのぐらいの勇気は示したかった。

珀龍に多くを求めるつもりはないし、もし、自分の存在が重荷になるようなら、その時は黙って身を退くつもりだ。

車は人で賑わう大通りをゆっくり進み、やがて閑静な屋敷町に到着する。

前庭に入ったところで車から降りると、戸口に立っていたのは珀龍だった。

鮮やかな青の礼服を着た珀龍は、髪をすっきりと結い上げ、髷に細い翡翠の簪を二本挿している。ゆったりと構えた姿は本当に立派で、見惚れてしまいそうになるほどだ。

だが、俐香は夢中で駆け出した。

「珀龍様！」

珀龍の精悍な顔を見ただけで、胸がいっぱいで、涙が溢れてくる。

広い胸を目掛けて飛び込んだ俐香を、珀龍はしっかりと抱き留めてくれた。

「俐香、どうした？　ずいぶんな歓迎ぶりだな」

「だって、お会いしたかった。ずっと、ずっとお会いしたかったんです」

俐香は珀龍の胸に顔を埋めて訴えた。

「おまえは俺を許さないと思っていたのだが……」

当惑気味の声を出した珀龍に、俐香は激しく首を振った。

「許さないだなんて……っ、許してもらいたいのは私のほうです。知らなかったんです。私はずっと、養父に命を助けられたと思い込んでいて……でも、違っていたのですね。あの時、市場でぼろぼろだった私は仲買人に殴られて……それを抱き起こしてくださったのは、珀龍様だった」

俐香は幼い日に視界を塞いだ、青の布地を脳裏に思い浮かべた。

奇しくも、今珀龍が身につけている礼服も、鮮やかな青だ。

「青蝶か……おしゃべりな奴め」

「どうして隠していらしたのですか？　教えていただければ」

「教えたとしても、おまえは信じなかっただろう」

悔しげに吐き出され、俐香は思わず珀龍の上衣を握りしめた。

「申し訳ありません。私は……」

「いい。謝るな。八年離れている間に、おまえは驚くほどきれいになっていた。だが、八年も目を離していたのが失敗だった。おまえはすっかり宋迅に操られる人形のようになっていて……おまえが役所に現れた時、俺がどれほど悔しい思いをしたか……耿家の屋敷に押し入れば、おまえの命が危ない。そう思って、おまえを助け出す手立てを考えていた。そんなところに、のこのこおまえがやってきたのだ。渡りに船とはこのことだと、俺は内心で快哉《かいさい》を叫んだ。なのに、おまえは頑なに宋迅を信じていた」

あの時のことを責められると、言い訳のしようがない。

しかし、沈んだ表情に気づいた珀龍は、すぐに宥めるように抱きしめてくる。

「おまえに真実を明かさなかったのは、おまえが宋迅と俺との間で板挟みになり、苦しむだろうと思ったからだ」

「………っ」

珀龍の深い思いやりを知って、俐香は新たな涙を溢れさせた。

「だが、兄上が……主上が耿家に所縁の者は、誰ひとり許さないと言い出した時は、さすがの俺も焦った。泳がせておけば、そのうち耿家の者が接触してくるだろうから、妓楼にでも入れておけ。そう命じたのも、実を言うと兄上、なのだ。おまえにも言ったかと思うが、俺より兄上のほうが耿家を恨んでいた」

「主上が……」

俐香は、牢で皇帝が語ったことを思い出した。

主上は、自分のことはいい。しかし、弟を死ぬほど苦しめた宋迅を、決して許さない。

そう言っていた。

「だがな、俐香。いい加減な嘘を教えておまえに手を出したのは、俺の我慢が利かなかったせいだ。鉱山で使役されていた間、俺はおまえの面影だけを夢見ていた。もう大きくなった頃だろうか、きっときれいになっているだろうと、始終おまえのことを考えていた」

「そんな……」

「俺は、おまえが子供の頃から目をつけていたのだ。おまえはいずれ、都で一番可愛らしくなる。そう思っていたからな」

「珀龍様」

次々と明かされる真相に、俐香は胸を震わせるだけだった。

「しかし俺は、おまえを妓楼に閉じ込め、無体な真似をした……あれは全部、おまえを抱きたいという、俺の欲から出たことだ。どんなに恨まれても、仕方ない真似をした。それでも、おまえは俺を許してくれるのか？」

「……珀龍様を許すだなんて、そんな必要はありません。私は珀龍様に抱かれて、いやだったことなど一度もありません。私も子供の頃から、珀龍様が好きで……お慕いしていました。最初はそうと気づいていなかったけれど、いつの間にかその気持ちが、胸を焦がすような種類のものになっていて……今は本当に心から珀龍様を……っ」

羞恥で臆しそうになるのを堪え、俐香は懸命に気持ちを明かした。

珀龍はしばらくの間、無言だった。そしてずいぶん時間が経ってから、ゆっくり息を吐き出した。

「おまえをこの屋敷に呼び、時間をかけて、おまえの心を溶かす気だったのに、またしても俺は後手にまわってしまったな……。こんな俺で、本当にいいのか？」

真摯に問われ、俐香はこくりと頷いた。

「俐香、俺には最初からおまえだけだった。おまえを誰よりも愛しく想っている。だから、これからも、おまえを離すつもりはない」

「珀龍様……嬉しい……」

何よりも欲しかった言葉が与えられ、俐香は胸を震わせた。

「俐香、おまえは覚えているだろうか。いつだったか、おまえがまだ幼い頃、柳の木の下で、おまえを妃にしてやると言ったことを……」

「はい、……覚えてます」

「俐香、いつまでも一緒だ。いいな？」

「……はい」

頷いたとたん、珀龍に、さらに強く抱きしめられる。

そして情熱的に、唇も塞がれた。

俐香は愛する人の腕に抱かれ、心ゆくまで幸せに酔い痴れた。

ふたりが抱き合って立つ庭には、桃花が咲き誇っている。ゆるやかな風が吹くと、淡紅色の花びらが空に舞う。

大祥帝国の都、京陽城は、今が春の盛りだった。

―― 終 ――

あとがき

こんにちは、秋山みち花です。【蜜夜の甘淫 ―遊郭の花嫁―】をお手に取っていただき、ありがとうございました。「禁断の遊郭もの」じゃなくて、「甘々中華遊郭」でしたが、いかがだったでしょうか？　世界観はいつもどおりMY設定。妓楼関係もやはりMY設定になりましたが、少しでも楽しんでいただければ嬉しいです。

イラストは坂本あきら先生にお願いしました。キラキラで色っぽい俐香と珀龍を描いていただき、本当にありがとうございました！　ご苦労をおかけした担当様、編集部の皆様、本書の制作にご尽力いただきました方々も、ありがとうございました。

最後にもう一度、いつも秋山の作品をお読みくださる読者様に、心からの感謝を捧げます。本当にありがとうございました。巻末に後日談ショート書いてます。合わせて楽しんでいただければ幸いです。

秋山みち花　拝

「珀龍様《はくりよう》……珀龍様……？」

耿俐香《こうりこう》は膝枕で眠ってしまった珀龍に、そっと呼びかけた。

吹き渡る風が心地よい季節になっていた。

俐香が星青楼《せいせいろう》から珀龍の私邸へとやってきて一年余り——。その間、珀龍は皇弟としての公務に追われ、忙しい毎日を送っていた。世の中を騒がせた耿宋迅《そうじん》と周公《しゆうこう》の反逆事件が、ようやく終息したところだ。

反逆者は九族に至るまで処刑——。珀龍はその厳しい処罰を緩和するように働きかけ、実際に事件に関与しなかった者は、許されることになった。俐香自身もその内のひとりだ。

そして俐香は、刑を待たずに亡くなった養父と、兄の菩提《ぼだい》を弔《とむら》っていこうと思っていた。恨みに思う気持ちはない。俐香の胸にあったのは、悲しみだけだったからだ。

その日、宮中へ出かけていた珀龍は、私邸に帰ってくると同時に、俐香を泉水上に建てられた四阿《あずまや》へと誘った。使用人の目が煩わしいからというのが主な理由だ。

四阿は泉水のちょうど真ん中あたりに建っており、そこまで長い橋が渡してあった。反り返った屋根は青瓦、柱や壁、橋桁《はしげた》などは朱色に塗られている。四阿の中には卓子と脇息が置かれ、酒肴《しゆこう》の用意も整っている。咲き始めた菖蒲《しようぶ》の花を愛で、泉水で戯れる水鳥を眺め、のんびりと過ごすには最高の場所だ。

しかし珀龍は、よほど疲れていたものか、四阿に入ると同時に、俐香に膝を貸せと言って、眠ってしまったのだ。

「……珀龍様?」

俐香はもう一度、そっと呼んでみた。けれども珀龍はまったく目覚める様子がない。

間近にある精悍《せいかん》な顔に視線を落とし、俐香は内心でほっとため息をついた。

珀龍に愛されて、本当に幸せな毎日を過ごしている。奴婢《ぬひ》だった俐香を買い取り、また養父の呪縛から解き放ってくれたのも珀龍だ。そのうえ、なんの障りもないように、しっかりと守られている。

自分のほうからは、何も返せていないことが、俐香のもっかの悩みだった。珀龍に捧げられるものは真心しか持っていないから……。

俐香は精悍な珀龍の面を、飽かずに眺めていた。高い鼻梁《びりょう》や整った眉、いつも愛を囁いてくれる唇、きちんと髷《まげ》を結った頭、そして青の礼服に包まれた逞しい身体……、すべてを好ましく思う。

そして俐香は、ふと形のいい珀龍の耳に目をやって、はっとなった。

「あ……黒子《ほくろ》……」

耳たぶの内側に、小さな小さな黒子があった。いつも真剣に見ていたはずなのに、今まで耳に黒子があることに気づかなかった。

俐香は無意識で、そっと珀龍の耳に手を伸ばした。でも、せっかく寝入っているのに、起こしてしまっては可哀想だと、触れる寸前で動きを止める。だが、そうなると、ますます小さな黒子が気になって仕方がなかった。

ちょっとだけ、そっと触れてみてもいいだろうか。指だと起こしてしまうかもしれない。もしかしたら、唇のほうが……。

そして俐香はとうとう我慢できずに、珀龍の耳に唇を近づけた。

舌先で、ほんの少しだけ舐めてみたい。そんな欲求が身内から湧き起こり、俐香は素直に従った。息を止め、唇を耳に近づけて、舌先をそっと黒子に触れさせる。

「ん?」

大胆に触れたつもりはなかったのに、珀龍が目覚めてしまう。

俐香は頬を真っ赤に染めながら謝った。だが珀龍は怖い顔で、俐香の首に手を回す。

「あ……ごめんなさい……」

「何をしていた?」

「み、耳に、黒子が……あったので……」

「耳に黒子だと?　そんなものは知らんな」

「でも、あるんです。珀龍様の左の耳に、小さな黒子……ああっ!」

悲鳴を上げたのは、いきなり視界が反転したからだ。

珀龍は膝に頭を乗せて横になっていたのに、今は俐香のほうが床に組み伏せられている。

「黒子が気になるなら、おまえのも調べてやる」

「や、そんな……私はいいです」

「遠慮するな。身体中、隅から隅まで余すところなく、全部調べてやろう」

珀龍はにやりと口元をゆるめながら言う。そしてすぐに俐香の胸元に手を伸ばしてきた。

いきなり襟元が寛《くつろ》げられて、白い肌を露出させられる。

「あ、待って……ここは四阿なのに……恥ずかしい……だ、誰かに見られたら」

「誰も来ない。大丈夫だ。それに、明るい光の中で調べないと、小さなものは見つけられないからな」

羞恥を誘う言葉に、俐香はさらに赤くなった。

珀龍は次々と俐香から着物を剝《は》いでいく。そしてやけに熱心に、俐香の肌を調べ始めた。

「ああっ、や……、そこは……っ」

「どうした？　黒子があるかどうか、調べているのだ。動くな」

珀龍は真面目な顔でそう言うが、調べているとは建前で、俐香の敏感な肌に舌を這《は》わせているだけだ。

毎夜のように抱かれ、俐香はただでさえ感じやすくなっているのに、そんな真似をされてはたまらなかった。

「や、あ……っ、ああ、うぅ」

白い肌があらわになるたびに、珀龍の指と舌で攻められて、俐香は甘い喘ぎを漏らすだけになる。

恥ずかしいことに花芯が瞬く間に張りつめて、先端の窪みには蜜まで溜まってしまう。

「俐香……今のところ黒子はないようだ。だが、もっと調べないとな……」

「ああ、んっ、や、あぁ……ん、ふっ」

乳首をかまわれ、花芯を擦られ、さらには秘めた後孔まで指で掻き回される。そこまでされると、もう逃げようがなかった。

「俐香、そこの柱に縋《すが》っていろ」

「や、んぅ……ん」

珀龍の甘い囁きが耳に落とされて、俐香は半裸で四阿の柱に縋りつかされた。

熱く蕩《とろ》かされた場所に、逞しく漲《みなぎ》ったものが擦りつけられる。

「俐香、おまえだけだ」

狂おしく告げられた瞬間、俐香は深々と貫かれていた。

「あ、あぁ……あ、んぅ」

身体の一番深い場所で、愛する珀龍とひとつになる。

泉水の四阿では、いつまでも俐香の甘い声が響くこととなったのだ。

本作品は書き下ろしです

秋山みち花先生、坂本あきら先生へのお便り、
本作品に関するご意見、ご感想などは
〒101-8405
東京都千代田区三崎町2-18-11
二見書房　シャレード文庫
「蜜夜の甘淫～遊郭の花嫁～」係まで。

CHARADE BUNKO

蜜《みつ》夜《よ》の甘《かん》淫《いん》～遊《ゆう》郭《かく》の花《はな》嫁《よめ》～

【著者】秋山《あきやま》みち花《か》

【発行所】株式会社二見書房
東京都千代田区三崎町2-18-11
電話　03(3515)2311［営業］
　　　03(3515)2314［編集］
振替　00170-4-2639
【印刷】株式会社堀内印刷所
【製本】ナショナル製本協同組合

落丁・乱丁本はお取り替えいたします。
定価は、カバーに表示してあります。

ISBN978-4-576-16026-9

http://charade.futami.co.jp/